小小的地方

A
Small
Place

小さな
場所

東山彰良

王蘊潔——譯

目次

做為語言異域的臺灣——讀東山彰良《小小的地方》

讀東山彰良以臺灣為舞臺的小說，總有一種錯亂感：東山彰良以日文書寫，本身卻也有一定的中文底子，因此他這些小說的語言總能適當地散發出一種，或許可以稱之為「臺灣味」的氛圍。尤其是對白部分，儘管文本是以日文書寫，但仔細凝視表層的日文字，便會發現底下透著一層臺灣國語的韻味。

當然這並不代表東山彰良寫作時是以中文思考，事實上小說文本裡仍有許多日文所獨有的句法或是比喻，而這些日文特有的要素，即使翻成中文之後仍舊若隱若現，如我這般嫻熟日文的人便能一眼認出。中文裡有日文，日文裡有中文——這種語言的錯亂感，使得故事裡那些熟悉的臺北街市景象，一個個彷彿披上陌生的斗篷，化作某種「異域」，散發著獨特的魅力。東山彰良最新散文集題作《越境》，但我更覺得他與其說是「越」過了邊「境」，不如說是雙腳跨在邊境線兩側，或甚至是自由往來於邊境線的彼端與此端。

我與東山彰良見過一次，在二〇一七年東京大學一場作家交流會上。那年他以《我殺的人與殺我的人》在文壇大放異彩，連獲三獎，我則剛以《獨舞》獲群像新人獎在日本文壇出道。會後喝酒聊天，驚訝於他幽默的談吐與流利的中文，言談間流露出對小說創作的認真。

《小小的地方》收錄了六篇以西門町紋身街為舞臺的連作短篇小說，結構與故事風格頗有吳明益《天橋上的魔術師》的意趣。敘事者為年僅九歲的少年「我」，景建武。透過年幼者的敘述，前五篇每篇都寫出了一個令讀者印象深刻的中心人物：為了活下去而在臉上刺青的貓女孩、尋找離家出走的土地公的私家偵探、一緊張竟在講臺上飆起饒舌歌的原住民教師、被父親搶走女友而頹廢暴飲暴食的男子、閱讀李昂卻無法抗拒天使寄生的女孩。第六篇則是「我」的故事，描寫年幼的敘事者對故鄉紋身街又愛又恨的複雜情感。東山彰良擅長書寫懸疑小說，從《流》和《我殺的人與殺我的人》已可見其能力之一斑。這六篇篇幅較短，卻篇篇高潮迭起，令人讚嘆。推薦文只能寫到此處，再寫下去破了內容的梗，破壞讀者樂趣就不好了。

翻譯小說當然不得不提譯者：王蘊潔不愧是臺灣日文譯界大前輩，譯筆老練，少有臺灣出版日文翻譯小說常見的彆扭與不通順，也能進行適度的「在地化」（localization）。我一邊對照原文，一邊閱讀譯文，數次讚嘆譯者挑選譯詞的巧思，讀者大可放心閱讀。雖然我仍並不覺得譯文已臻至完美，但究其原因，部分是因為我閱讀的並非最終定稿，難免仍有錯漏，部分是同為譯者的同業相輕心態，部分則來自完美翻譯本身之不可能性——村上春樹說：「完美的文章並不存在」，我必須補充，翻譯亦然。

作家／李琴峰

獻給王由美

黑色的白貓

西門町俗稱紋身街的很多店新開張才沒多久就倒了，所以現在我也搞不清楚那條街上到底有多少家刺青店。

想得到的也只有三家，肯尼的店、豬小弟兩兄弟的工坊和寧姊的工作室。之所以只對這三家店印象深刻，當然是因為他們常來我家餐館吃飯的關係。

除了肯尼之外，其他的刺青師都在這條紋身街住不久。寧姊在我上中學之前便忽然不見蹤影。豬小弟和喜喜這對兄弟檔則是被警察逮捕了。肯尼說是因為豬小弟他們在店裡販賣毒品。

在我出生之前似乎沒有這麼多家刺青店，但在某個時期之後，簡直就像雨後春筍般，一家接著一家開。

我搞不懂為什麼會這樣，阿華告訴了我其中的原因。

「大約在二〇〇五年左右吧，那一陣子電視上在播美國刺青師的真人實境節目『邁阿密刺青客』，所以這一帶也被流行的潮流吞沒了。」

阿華在紋身街巷口擺了一個賣珍珠奶茶的攤位，雖然他對那些因為崇拜韓劇跑來刺青的高中生很不以為然，但其實他自己也在鎖骨上刺了一顆星星。

「最近出現微刺青啊韓式刺青啊各種刺青，但那些其實都一樣。只要刺像韓國人的圖案，就是韓式刺青。」

「阿華那顆星星是韓式的嗎？」

「只是臺灣人自己亂取的。你去韓國說要刺韓式刺青看看，對方不是莫名其妙，就是會被瞧不起。」

因為爸媽不肯幫我買智慧型手機，所以我丟下店裡的生意，用阿華的智慧型手機搜尋了「邁阿密刺青客」。原來是邁阿密一家名叫「305墨水」的刺青店員工拍了真人實境節目在網路上流傳。

我瀏覽了相關的網站，發現常來我家店裡買炸雞的刺青師。他是名叫肯尼的胖子，雖然似乎是好幾年前拍的影片，但肯尼肥頭大耳的模樣都沒變，穿著又緊又小的T恤，洋洋得意地把刺滿刺青的手臂交叉抱在胸前，胡扯什麼十幾年前，全臺灣的刺青店不超過兩百家，因為這個節目的關係，如今已經暴增到一千五百家。

「我相信刺青的力量。」看起來比現在年輕一點的肯尼對著鏡頭說。「我們這些刺青師就是把那股力量送到需要的人身上。」

「哪有那麼誇張。」阿華冷笑地說。「這年頭的刺青都只是趕流行而已，半點意義也沒有。」

「那我問你，以前就有意義嗎？」

「有啊。」

「什麼意義？」

「這個嘛，就那個嘛……反正等你長大就知道了。」

「你又想騙小孩！」我大吼著。「其實根本沒意義吧！」

「吵死了。」阿華咂著嘴。「那是藉口啦……對啦，就是刺青的藉口。」

「是藉口嗎？」

「像是為了替自己失敗的、錯誤的行為找藉口，或要拋棄性命這類的。現在的刺青裡聽不到那樣的藉口了。」

紋身街就像街上的陰暗面一樣是條又窄又髒的小巷。臺北有非常多這種小巷子。白天也像晚上一樣暗濛濛，而且臭氣沖天。聽爸爸說，現在的臺北比以前乾淨多了，如果爸爸沒有唬弄我，那以前的臺北應該髒得跟地獄差不多。現在每逢下雨，整條街都瀰漫著像臭水溝的味道。即使雨過天晴，出了大太陽，接下來的好幾天，地上都一直濕答答。

櫛次鱗比的刺青店中，有的遮遮掩掩，有的敞開鐵捲門，好像在炫耀刺青。這些店都會大刺刺地展示刺青圖案，經過店門口時，還可以看到正在刺青的客人。

阿華覺得「會去那種平價店刺青的都是一些無腦的傢伙，他們在身上刺一些圖案，只是為了趕流行，等流行一過，絕對會後悔」。

「為什麼那些刺青的人都穿黑色T恤？」我問阿華。

「喔，沒想到你才九歲，就發現了重點。因為那些刺青的傢伙想要讓所有人知道自己與眾不同，但又害怕落單，所以打扮都差不多，這麼一來，一眼就可以看出彼此是同類。」

「但為什麼要穿黑色？」

「因為他們覺得黑色最不怕染上其他顏色。」

「你別唬弄我。」

「你說什麼？」

「寧姊不是整天都一個人嗎？」我說。「而且我也從來沒看過她穿黑色T恤，即使夏天的時候，她也都穿長袖。」

阿華每次發現情勢對他不利，就開始專心做生意。

寧姊的店位在模型玩具店二樓。樓梯又窄又危險，散發出一股令人不想靠近的氛圍。她的店沒有固定的營業時間，有時候連續好幾個星期都不開門做生意。那家店名叫「貓眼紋身工作室」，我曾經問她為什麼要取這個名字，她告訴我說：

「貓的眼睛在明亮的地方會瞇得很細，在暗處就會瞪得很大。我覺得和刺青不謀而合。」

雖然我聽不太懂，但既然寧姊這麼說，應該就是這麼一回事。

我很喜歡寧姊。當然因為她是身材高䠷，留著一頭長髮的美女，但我最喜歡她的側臉。當她垂下雙眼時，兩排睫毛形成的陰影就像淡泊的宗教畫般恬靜安詳和溫暖。

寧姊向來不會像肯尼那樣，只要有錢賺，客人要求刺任何圖案都不在乎，她做事很有原則，除了不接陌生客，即使是經由熟客介紹上門要求刺青的客人，她也會拿出足球金童克里斯蒂亞諾‧羅納度的海報，勸對方想清楚。

「即使周圍的足球選手都刺青，但C羅沒有刺青，你知道為什麼嗎？因為他會定期捐血，所以拒絕刺青。這種人不是在身上，而是在心上刺了最美的刺青。」

這樣的寧姊和拜金主義者的肯尼不可能不發生衝突。這兩人從來不缺吵架的原因，追根究柢就是刺青理念不同。他們也曾針對微刺青的好壞起了口角。微刺青是刺了之後，過五年左右就會消失的刺青，當然多少會留下痕跡（至少我聽到的是這樣）。寧姊固執地不認同那樣的東西。

「既然刺青之後會消失，那刺青有什麼意義呢？」

她堅持的還不只有那個。不是基督徒不刺十字架，除漢字之外的文字，再多錢都不接這門生意。

「刺外文象徵著自己的貪得無厭啊。將本國國家傳統裡所沒有的東西刺入自己的身體裡，這樣就會慢慢變得不是自己了！」

還有一次，肯尼那傢伙竟然把以前美國的南方國旗刺在高中生的手臂上。

「你怎麼可以這樣！我無意干涉你做生意，但你這種行為跟騙子沒什麼兩樣！」

「妳說我是騙子？」人高馬大的肯尼張開雙手。「妳懂個屁啊？不要用自己的價值觀來衡量所有的事！」

「自己的價值觀？你的價值觀就是把歧視黑人的象徵刺在無知的高中生身上嗎？做生意並不是只要有錢賺就好吧？」

「我可沒偉大到能插手客人自己的事情。但刺青這種事本來就是衝動吧？一開始本來就是錯誤的衝動啊，我能做的就只是回應那錯誤的衝動而已，只要有人願意付錢，即使要我把他刺成殭屍男孩也沒問題。」

住在紋身街的人，沒有人不知道殭屍男孩這個名字。殭屍男孩的本名叫Rick Genest，不知道是加拿大還是哪一國的人，反正整張臉上都刺滿了骷髏頭，全身也都刺滿了刺青，有些店家甚至把他的海報貼在牆上當作型錄。殭屍男孩的人生並不長，二〇一八年在他三十二歲時便英年早逝。

「我們不是在靠販賣榮譽做生意嗎？」寧姊大聲咆哮。「肯尼，你賣給那個高中生的，是把這份榮譽炸得蕩然無存的定時炸彈！」

寧姊的店裡有一隻黑得像墨汁一樣的黑貓，寧姊叫這隻貓「小白」，但好像並不是寧姊飼養的貓，我曾經好幾次在其他地方看到其他人用其他名字叫牠。

「牠是黑貓，為什麼叫小白？」

「其實牠是白貓，是我幫牠把全身刺成黑色。」

「騙人吧！」

寧姊呵呵地竊笑。

「為什麼要這麼做？」

「為了不讓其他貓知道牠是白貓。」

「我知道了，一定是因為黑色最不容易沾到其他顏色，如果是白色，就很容易髒。」

「對啊，」寧姊調皮地笑了笑。「貓也有貓的難處。」

西門町是一個很浮躁的地方，很多地方可以喧鬧一整晚。即使電影院已經打烊，過了捷運的末班車時間，大街上似乎都沒有人影了，年輕人還在小巷子裡或是地下道跳舞或是濫用藥物，忙著男歡女愛。天亮之後，會在意想不到的地方看到有人躺在地上。

那個女生出現在寧姊的店裡之前，我曾經看過她兩次。不，正確地說，是三次。我不知道她的名字，只知道她兩次都幾乎衣不蔽體地倒在街角。

第一次是在半年多前，我媽叫我去買早餐的時候。那天因為寒流來襲，早晨冷得快把人都凍僵了。我用在老張的店買的包子和豆漿暖著手，正準備去便利商店幫我爸買自由時報，小白慢條斯理地從我面前走過去。

啊，是寧姊的黑貓。我打量著牠，發現牠停下腳步，盯著騎樓柱子的後方。貓經常會有這種舉動，所以我並沒有太在意，直到我發現從柱子後方伸出的兩條腿。

我膽戰心驚地走過去一看，發現她意識不清地倒在那裡。雖然一看就知道她年紀比我大，但既像是十五歲，又像是二十歲。她穿了一件鑲了毛皮衣領的皮夾克，粉紅色短裙翻了起來，不要說粉紅色內褲，就連肚臍也都露了出來。

我第一次在清晨六點半看到有女人倒在路旁，所以嚇得不知所措。但那天真的很冷，爸爸和媽媽還在家裡等我的熱豆漿。

小白抬頭看了我一眼，似乎在對我說：「接下來就交給你了」，然後消失在小巷。牠的長尾巴威風凜凜地豎得筆挺，好像在宣告，牠是這一帶的老大。

我低頭看著倒在地上的女生。

然後我告訴自己，這不是我該管的事。我媽經常提醒我，別去管無聊的事，否則很容易惹禍上身。超出自己能力範圍的好奇心，只會招來痛得眼冒金星的耳光。

儘管覺得這樣不好，但仍決定快點回家。

買完報紙，從便利商店走出來時，看到一輛警車停在那裡，兩名警察低頭看著她，忍不住嘆氣，好像在說，這是他們今天早上遇到的第五個女生。

第二次是一個月前，也是清晨六點半，又是爸爸叫我去買報紙的時候。

她坐在捷運車站的樹叢前，把臉埋在豎起的膝蓋上睡覺。來往的行人看到她，都紛紛皺起眉頭。天空飄著雨，她和她的小皮包，以及丟在一旁的白色智慧型手機都泡在雨水裡。

我想起了之前倒在便利商店的女生，因為這次她也穿了短裙，所以讓我產生了親切感。

因為可以看到她粉紅色內褲，我看著她的時候忍不住想，啊，她和上次那個女生穿相同顏色的內褲。她冷不防抬起頭。

我大驚失色，果然就是她。她還是很有自己風格，短裙配背心的打扮。兩耳朵戴滿了耳環，數量不輸給穿耳洞店的游小波那個爛貨。她是我至今為止見過的女人中，僅次於寧姊的第二個美女。

我和她在初夏淅淅瀝瀝的雨中相互凝視片刻，她費力地站了起來，吃力地撿起皮包和手機，準備走向捷運站。

「我問你，」她突然轉過頭。「這一帶有沒有一隻白色……不，有沒有一隻黑貓？」

她在問小白嗎？

我覺得這個問題簡直就像在問，你家的存款有多少錢，所以搖了搖頭。

她轉頭沿著捷運的階梯走了下去。

第三次是肯尼向阿華買奶茶的時候。

這一次並不是我親眼看到，所以也許不能列入計算……但剛好是在雨中的捷運站遇到她的隔天。

肯尼點了大杯珍珠奶茶，然後把手機遞到阿華面前說：

「你看這個，我上次不是跟妳說過嗎？就是那個援交女。」

阿華停下正在撈珍珠的手，把臉湊到手機面前。「這女人真是太糟了，她有嗑藥嗎？」

「昨天早晨，她在西門町的捷運站被雨淋透了。」肯尼不懷好意地笑著。「她好像在武昌街的夜店混了一整晚，有人拍了照片，傳到臉書上。」

「結果就落到你的手上嗎？」

「聽曾經上過她的傢伙說，這女人超敢玩。其他人不是也都在包廂嗎？這女人根本不在意，只要她興致一來，就會鑽到桌子底下去吹喇叭。」

「這不可能，太誇張了。」

「即使看了照片，你仍然這麼覺得？」

阿華聳了聳肩，把剛做好的珍珠奶茶放在自動封口機上，機器就自動為飲料杯口封上一層透明塑膠膜。

「小武，你看。」肯尼把手機轉向我。螢幕上的確是那個女生。「援交女就長這樣。」

「什麼是援交女？」

「不要讓小武看這種東西！」阿華搖了搖杯子，讓奶茶味道更均勻後遞給肯尼。「你也別去招惹這種援交女。」

「但你不覺得她的青春肉體超讚嗎？」

「這世上陷阱那一類的，外觀都美麗動人啊。」

肯尼把吸管插進杯子，喝了一口奶茶。珍珠就像蝌蚪一樣順著吸管爬上去。

「聽說她皮膚超好。」

阿華很受不了地搖了搖頭。

「你別誤會，」肯尼說。「如果真的像傳聞中說的那麼讚，我只是想在她漂亮的皮膚上畫點什麼。」

肯尼和阿華還在繼續瞎扯，但我爸在我家的餐館門口向我招手，所以我就跑回家了。

「小武，把這個送去給王阿姨。」

我從爸爸手上接過裝在塑膠袋裡的便當。王阿姨是在真善美戲院旁擺地攤賣雜貨的四、五十歲大嬸，經常來我們店裡買便當。

我在擁擠的人群中發現了王阿姨，立刻跑過去把她訂的便當交給她。王阿姨放下正在滑的手機，把錢交給我。

「小武，每次都麻煩你，不好意思啊。」

「沒關係。」

我看著王阿姨賣的東西。現在賣的都是小孩子的襪子，尤其有很多神奇寶貝的襪子。讓我感到驚訝的是，寧姊的貓正躺在那些襪子旁。王阿姨察覺了我的視線，問我：

「你知道這隻貓？」

「牠是小白。」

「牠有時候會跑來，像這樣睡在這裡……牠是黑貓，卻叫小白？」

「嗯，是啊……其實牠——」

我的話還沒說完，王阿姨就驚叫一聲「啊！」不顧我目瞪口呆地看著她，手指在手機上拚命滑了起來。

「我就知道！」

「怎麼了？」

「這個女生在找的可能就是這隻貓。」

說完，她把手機螢幕遞到我面前。王阿姨的臉書動態牆最上方有一則發文，內容是「正在找西門町的黑色白貓」。

「黑色的白貓嗎？」阿華問。「那應該就是阿寧的小白吧。」

「你也這麼覺得嗎？」我激動地問。「但援交女為什麼要找小白？」

我的話還沒說完，就被巴了一下頭。

「不要用這種字眼說人家。」

我摸著頭，用憤恨的眼神瞪著阿華。

「小武，你聽好了，這個世界上，有些人會因為我們難以想像的原因做各種事，所以不要不瞭解內情就隨便批評別人。」

我仍然悶不吭氣，阿華大口扒著排骨飯。在店裡收盤子的媽媽走過來，又打了一下我的頭，然後拍了拍阿華的肩膀，走去後面了。爸爸靠在流理臺旁抽著菸說：

「那個女生為什麼要找阿寧的貓？」

「八成是附近的小鬼對她說了一些奇怪的話，像是只要看到那隻貓，就可以得到幸福之類的。」

過了午餐的忙碌時間，店裡只有阿華一個客人。午後的豔陽把店外照得一片泛白，今天穿制服的高中生比平時更多，每家店都各自播放音樂，重低音就像一記記拳頭打向路人。

豬小弟和喜喜一起走進店裡時，阿華已經在享受飯後一支菸了。他們向阿華打招呼，阿華也向他們打了招呼。喜喜伸出手，我伸出拳頭打向他的手掌。

「兄弟，怎麼沒去上學啊？」

「喜喜，你腦袋破洞了嗎？」我反脣相譏。「今天是星期六啊。」

豬小弟笑了起來。

他們坐在隔壁桌子，向我爸爸點了菜。他們是兄弟檔刺青師，他們的刺青店叫「工坊」，就開在肯尼那家刺青店的二樓。阿華問他們：

「欸，你們知道有一個女人在找阿寧的貓嗎？」

「怎麼回事？」喜喜問，豬小弟立刻接了下去。「阿寧又在和肯尼吵架。」

「現在嗎？為了什麼事？」

「為了幾天前的事。」

我立刻豎起了耳朵。

「有一個客人去肯尼的店，說要幫自己的狗刺青，」豬小弟接著說了下去。「是一個女客人，說想要在狗身上刺和她一樣的刺青。」

「真是不長腦袋！」爸爸大聲說道，比平時更粗暴地用菜刀剁著雞腿肉。

「天下真的有這種沒腦袋的人。」

「將來一定有人要求把自己的狗刺成LV一樣哦。」喜喜說，大家無奈嘆氣。

「結果呢？」阿華問。「肯尼那傢伙一定幫狗刺了吧？」

「那個女人還帶了麻醉師一起來。」

我立刻衝出店外，在昏暗的紋身街跑了起來。我全速奔跑，所以不到二十秒就跑到了肯尼的店，店外都可以聽到吵架的聲音。

「你腦筋有問題嗎！」寧姊甩著手臂大聲嚷嚷。「刺青是決心的象徵，不是嗎？動物有什麼決心？」

「那只是隻狗嘛！」肯尼也不甘示弱。「世界上還有比牠更慘的狗！」

「這根本是虐待動物！」

「阿寧，妳別跟我說妳沒吃過香肉！」

「我吃過啊！那又怎麼樣？這兩件事一碼歸一碼！」

「妳不是也看到那個笨女人了嗎？如果我不幫那隻狗刺青，那個笨女人就會覺得膩了，把牠丟掉……妳先閉嘴聽我說，現在輪到我說話。我只是打一個比方，如果那個女人把狗丟掉，那隻狗不是橫屍街頭，就是被清潔隊抓去撲殺。既然這樣，為牠刺青不是救牠一命嗎？」

「你這個人沒有所謂的倫理嗎？」

「我們都是按照自己的想法做生意，大家都是這樣過日子，妳沒資格對我說三道四。」

寧姊一腳踹開高腳椅，聳著肩膀，衝出了肯尼的店。我覺得寧姊的淚水在眼眶中打轉，所以想要叫住她。「滾開！」她卻把我推開了。我很難過，但沒辦法討厭寧姊，所以我決定恨肯尼。我衝過去，用力踹了肯尼的小腿。

「幹！」肯尼慘叫一聲，單腳跳了起來。「小武，你給我回來！我要把你的脖子擰下來！」

我再度用二十秒全速跑回了家。我爸挺凶的，所以知道肯尼不會追過來。

阿華已經回到自己的攤位，豬小弟和喜喜正大口吃著爸爸做的雞腿飯。小白也在店裡，我摸了摸牠的頭，牠翻了身，在地上躺成大字型，要我繼續摸牠。小白很少這樣向人撒嬌。

幾天之後，那個女生終於找到了寧姊的店。

那是星期一傍晚，我不想在店裡幫忙，跑去和寧姊一起畫畫。我在畫鯊魚，寧姊在畫一條身上有很多鱗片、看起來很漂亮的龍。

西照從窗戶照進來，牆上掛鐘刻劃著褪了色的時間。窗邊放著盆栽，仙人掌開了黃色的花。恬靜又宜人的午後。聽到嘎哩嘎哩抓門的聲音，寧姊打開門，小白立刻鑽了進來。

她就站在小白後面。
「這裡就是『貓眼紋身工作室』嗎？」
寧姊視線離開電腦抬起頭，把眼鏡推正。
「妳是刺青師？」
「妳問的兩個問題，答案都是ＹＥＳ。」寧姊回答：「誰介紹妳來這裡？」
「所以，妳也為貓刺青嗎？」
寧姊聽了瞇起眼。
「我之前聽說，」她走進店裡。「有隻貓原本是白貓，但用刺青把牠變成了黑貓。應該就是這隻貓吧？」
小白跳到沙發上，在我旁邊梳理身上的毛。那個女生瞥了我一眼，似乎完全不記得我了。
「我一直在想，如果我要刺青，就一定要請妳幫我刺，所以一直在找這隻貓。」
「妳幾歲？」
「十七歲。」

「既然這樣，妳應該知道，」寧姊用下巴指了指小白。「這隻貓——」

「對，我知道，」她打斷了寧姊的話。「但我覺得為了不讓其他貓知道牠是白貓，所以把牠變成黑色這個故事很美。因為黑貓在貓界過日子絕對輕鬆多了。」

她直視著寧姊說，但寧姊的眼神很冷。今天她穿的不是粉紅色的裙子，而是黑色緊身牛仔褲，配上大兩個尺寸的T恤。臉上幾乎沒化妝，染成紅色的頭髮隨便綁在一起。

「妳為什麼想要刺青？」

「因為變成黑色，就不會再弄髒了。」

「不好意思，我這裡不接沒有人介紹的陌生客。」

「我有錢。」

「這不是重點。」

「我懂。」

「我向來認為刺青可以讓人有活下去的力量，」寧姊說：「只有那些一旦沒有刺青，就活不下去的人才可以刺青。有很多人根本不需要刺青，卻假裝自己需要。如果只是為了時髦，這附近有很多家刺青店。」

「我想尋死。」

戴著黑框眼鏡的寧姊瞇起眼睛。

「但是，如果妳願意為我刺青……」她用力吸了一口氣。「一定要是妳才行，別人的話就沒有意義了。」

「意義？妳的意思是我的刺青才有意義嗎？」

「對妳來說，刺青是當事者的故事吧？」

「……」

「我不太會形容，可是……為了消除我自己的故事，我需要妳所寫的故事。」

小白把身體縮成一團睡著了。寧姊沉默了很長時間。掛在牆上的老時鐘發出滴答、滴答、滴答的聲音，我明白那殘音裡有什麼東西逐漸凝結。

「妳打算刺在哪裡？」

她露出堅定的眼神回答：「臉上。」

寧姊臉上的表情消失了。

「我不知道能靠這個刺青活多久，」她說：「但至少在完成之前，我不會死。」
「我不允許有人帶著我的刺青尋短。」
「但我不能說謊。」
「所以妳想刺在臉上嗎？」
「對。」
「妳想怎麼刺？」
「像那隻貓一樣。」她瞥了一眼小白。「嗯，我想要跟那隻貓一樣有自己的故事。」
小白仍然在睡覺，但好像可以聽懂人話似地拍打著尾巴，好像在說，既然妳這麼說，那就試試啊。不用說，黑色白貓的傳說和小白完全沒有任何關係。
「在我開始之前，先聽聽妳的故事。」
「好。」
「小武，」寧姊挽起袖子，壓低聲音命令我：「你該走了。」
眼看沒有半點可討價還價的餘地，於是我乖乖離開了。
所以，我不知道後續的故事，但昏暗的店內，寧姊挽起袖子的手臂吸引了我的目光。寧姊把一頭長髮挽了起來，從筆筒裡拿了一支鉛筆當髮簪，然後伸出沒有被任何刺青汙染、看起來很溫柔的白皙手臂，把那個女生請進店裡。

各式各樣的人基於各式各樣的理由來到紋身街，最近也有日本人或韓國人來刺青。各式各樣的人前來，在各式各樣的位置上刺青。平時聽肯尼、豬小弟他們閒聊，也知道並不是沒有人在臉上刺青。

「刺青就像是判自己死刑，」阿華不懂裝懂地說。「在臉上刺青的人，絕對是為了跟自己的過去做一個了斷。」

肯尼分析說：「我懂她的心情。那女人為了活下去，而不得不跨越那條線。」

季節變遷，當秋風吹起時，西門町出現了「貓女孩」的傳聞。聽說有一個眼睛旁刺了貓圖案的女生在夜店出沒，把男人迷得神魂顛倒。貓女孩和一個接著一個男人狂舞，然後像貓一樣消失無蹤。

之後，貓女孩開始上電視。她和藝人一起談笑風生，也錄製了嘻哈的下載歌曲。年輕女生對她沒大沒小的態度，和品味很差、色彩鮮豔的奇裝異服著迷，她甚至出現在便利商店販售的雜誌封面上。

追逐八卦的媒體，從某處挖出了她的裸照大肆報導。中學二年級時，她曾和學校老師交往過。老師是有家庭的。這件事被爆出來，那名老師跳樓自殺了，而她也離家出走去了臺北。裸照是她在臺北認識的幾名男生的其中一人趁她睡覺時拍的。

然而，惡意的報導也貶低不了率領潮流的貓女孩，臉上的刺青彈開了所有攻擊。她更加豁出去地做自己。流言蜚語就像口紅般塗了一層又一層。和帥哥藝人交往、對追著她跑的照相機做鬼臉、在綜藝節目上扯下主持人的假髮、用難聽話咒罵共同上節目的來賓。看到貓女孩為所欲為的模樣，開始覺得刺青既有意義，也有力量。

「在臉上刺青的那一刻已死過一次了。」父親一邊做著客人點的餐，斜眼看著店裡的電視喃喃說。「因為再大的侮辱都傷害不了死人。」

或許正如阿華所說的，刺青只是她的藉口。貓女孩用輕快的腳步跳著，彷彿春天的風一樣，奔下失敗的坡道。

這就是她的故事。

然後某一天發現，大家都忘了貓女孩，好像這個人從來就不曾存在過。

「喔，你是說那個笨女人。」就連阿華也在搖奶茶時這麼說。「就像女神卡卡的《Born This Way》那首歌嘛。」

「只能靠娛樂他人來肯定自己的，到頭來只會否定真正的自己。」喜喜搖頭說。「看看殭屍男孩吧，臉上的刺青是否定的修辭學。」

我還是難以忘記連名字都不知道的那個女生。她的照片就像永不枯萎的花一樣被扔在網路上。嘟著紅脣的貓女孩、拿著霜淇淋的貓女孩、戴著墨鏡的貓女孩、糖果色的裙子翻揚的貓女孩、和男人們一起的貓女孩。然而，我認識的那女孩已經從現實世界消失了。我忘不了她在寒冷得快要凍僵的清晨倒在街角，忘不了她癱在街頭被雨淋。

也忘不了她想要成為黑色的白貓。

雖然沒有聽到她死了的傳聞，但也沒有聽說她在哪裡活得好好的消息。無論如何，我認為為了重生而嘗試所有事，其實都是走在死亡的邊緣。

「小白，我問你，」寧姊的貓剛好在附近散步，我俐落地抓住了牠。「不知道那個女生最近好不好。」

小白扭動身體逃走了。牠縱身一跳，沿著屋頂走遠了。貓有貓的想法，牠才不管臉上有刺青的女生過得好不好。臉上刺青的女生也有她自己的想法，我相信我們永遠無法理解。

寧姊和肯尼一起來吃午餐。

「我為那個老頭刺青，」肯尼說。「妳搞定那個老太婆，老頭說，他不想讓其他男人看到他女人的身體。」

「好，」寧姊說。「等一下來決定圖案和顏色。」

我豎起耳朵聽他們的談話，發現好像是一個八十歲的老爺爺要送八十歲的老奶奶刺青當作禮物。

「嗨！」阿華在自己的攤位上向他們打招呼。「你們今天感情很不錯嘛！」

寧姊和肯尼瞥了他一眼，完全不理他。

土地公失蹤記

孤獨先生常來我家的餐館帶外賣，所以我對他很熟悉，但即使他不是餐館的老主顧，我相信早晚也會知道他這個人。

因為那一年，孤獨先生把離家出走的土地公帶回了土地公廟。

孤獨先生在武昌街，俗稱電影街的一角有一間破舊的辦公室。辦公室的空間很小，連電影中常見的那種偵探用的辦公桌也放不下，他竟然還住在那裡，第一次上門委託孤獨先生辦案的人走進他的辦公室都會嚇一大跳，露出「你真的是偵探？」的眼神打量他。

如果委託人中午之前上門，孤獨先生就會倏地從兼睡床的會客沙發上坐起來，用力抓著頭髮亂翹的腦袋，然後用完全不想做生意的不悅眼神看著客人。

「但他的生意很不錯喔。」阿華說。「因為在臺北無論做任何事，都要靠人脈介紹。」

也就是說，登門造訪孤獨先生偵探事務所的人不能讓介紹人丟臉，於是就姑且向他說明情況，最後，大部分人都會中意孤獨先生，委託他辦案。

「他為什麼叫孤獨？」我曾經問過阿華這個問題。「他姓孤，名叫獨嗎？」

「怎麼可能叫這種名字？他的本名叫龍禮，我記得和肯尼讀同一所中學，還是肯尼的學長。」

在紋身街當刺青師的大胖子肯尼經常在店裡沒有生意的時候，喝著在阿華攤位上買的珍珠奶茶，跑來我們店裡摸魚。通常都是我爸陪他聊天，但肯尼離開之後，爸爸每次都嘆著氣對我說，以後千萬不要變成他那樣。

「因為呢，」，阿華接著說了下去。「龍禮這個名字聽起來很像英文的lonely，所以在讀中學的時候，大家幫他取了孤獨這個綽號。」

孤獨先生的事務所有一個風完全吹不進去的小窗戶，可以從那個小窗戶看到武昌街電影院的燈箱招牌。

「是不是很像一幅畫？」我送便當去的時候，孤獨先生對我說。「晚上的時候就會打聚光燈，真的很漂亮。」

很久很久之後，也就是我上了大學之後，當我看了保羅・奧斯特的《月宮》這本小說時，想起了孤獨先生的辦公室。小說中的主角整天看書，也住在有一個小窗戶的房子，從那個窗戶可以看到一家名叫「MOON PALACE」的中國餐館的招牌。孤獨先生的家裡也有很多舊書，所以我至今仍然會把小說的主角和孤獨先生重疊在一起。只不過那時候我覺得比起偵探工作，孤獨先生更常在翻垃圾。

有一次，學校去植物園寫生時，我看到孤獨先生坐在蓮池畔的長椅上發呆。他穿了一件皺巴巴的水藍色長袖襯衫，頭髮亂蓬蓬，銀框眼鏡沾滿了油脂，看起來霧濛濛。我走過去向他打招呼。

「你在幹什麼？」

孤獨先生轉過頭，說話時嘴巴不太動。「在想以前看過的書。」

「怎樣的書？」

「不能告訴小孩子。」

「我知道了，是色情書。」

「不是。」

「現在誰還看那種書，網路上要看多少有多少。」

「不是你想的那種書。」孤獨先生遲疑了一下後開了口。「物品的價值取決於有關那個物品的故事和回憶。」

「你是不是被太陽晒昏頭了！」我有點擔心。「孤獨先生，你最好坐去陰涼的地方。」

「比方說，即使是很普通的棒球球棒，如果是很有名的選手用過的球棒，就具有價值。這才是物品真正的價值，死去的人留下的遺物也一樣，即使是同樣的東西，如果不是那個人曾經使用過的東西，就沒有價值。」

「這和色情書根本沒關係啊。」

「即使是色情書刊上的那些女孩子，她們也有各自的故事。」孤獨先生說。

「感受她們基於什麼原因願意在鏡頭前寬衣解帶才有意義。」

「所以你果然在想色情書啊。」

「不是，我只是用你能夠理解的方式說明。」

我越聽越不耐煩，所以故意促狹地問：「那宇宙呢？」

「……」

「宇宙的真正價值是什麼？」

孤獨先生用力皺起眉頭思考起來，我聳了聳肩，回去同學那裡。

我用水彩畫蓮花時，很擔心孤獨先生會中暑昏倒，但他一直坐在長椅上，當我們寫生結束回學校時，他還坐在那裡。

雖然我之前就隱約發現了孤獨先生的神奇特技，但一直認為不值得一提。

某個烏雲密布的午後，幾個熟識的刺青師剛好在我們餐館吃午餐。刺青師都很瞭解哪個時段比較沒生意，所以會不時聚在一起吃午餐。

那天是星期六，許多高中生在放學後來西門町逛街。下午兩點的那場電影剛開演，聚在電影院門口的人群散開後，街道似乎稍微變得乾淨了些。

「電影根本就像狗屎。」好不容易喘了口氣的阿華一屁股坐在自己攤位的椅子上，翹起二郎腿，攤開報紙。「只有那些像蒼蠅的傢伙覺得有營養。」

刺青師早就習慣了阿華的毒舌，所以聽到他說這種程度的話，甚至懶得答理他。

我家餐館為了省電，所以把燈關了，店裡很昏暗。那些刺青師想著自己內心構思的圖案，以及來刺青的客人的人生，分別在不同的餐桌旁靜靜地吃著排骨飯或是雞腿飯。只有裝在天花板附近的電風扇嗡嗡地轉著頭。

我坐在沒人坐的餐桌旁托著腮，怔怔地看著外面的巷子。這種時候很適合玩手機遊戲，但我爸爸認定智慧型手機會對小孩子的額葉產生不良影響，所以堅持叫我讀高中後，自己打工賺錢去買，還說任何人都無法讓他改變主意。

因為實在太閒了，我正想去向阿華借手機來玩的時候，看到孤獨先生像殭屍一樣搖搖晃晃走在擁擠的人群中。現在還是九月，氣溫也超過三十度，但他已經穿上了黑色厚西裝。即使他因此中暑，也怨不得別人，只能怪他自己。

孤獨先生在人群中停下腳步，好像拜拜一樣合起雙手，放在嘴邊，然後仰頭看著低垂的雲。來往的行人訝異地皺著眉頭，避開了孤獨先生。不瞭解狀況的人可能以為孤獨先生突然開始祈禱，但我之前就看過他這樣。

孤獨先生等了一會兒，然後又做了一次相同的動作，才拖著疲憊的步伐，沿著漢中街走向武昌街的方向。

「喲，剛才的是孤獨先生吧？」喜喜喝著餛飩湯，問他哥哥豬小弟。「他在幹麼？」

「他在叫野狗，」在一旁插嘴的是胖子肯尼。「雖然不知道他是怎麼辦到的，但只要他做出那個動作，野狗就會去找他。」

「是不是那隻短腿的狗？」寧姊開了口。「我想他那個動作應該發出了像犬笛一樣的聲音。」

「他為什麼要叫野狗？」豬小弟問。「要餵狗吃東西嗎？」

因為沒有人回答，所以我開了口：「有時候他會來這裡要豬骨頭。阿華說，孤獨先生可能要還什麼願——阿華，對不對？」

「啊？」正在巷子對面看報紙的阿華抬起頭。「小武，你說什麼？」

「你之前不是說，孤獨先生可能為了還願，所以才照顧野狗，對不對？」

「我只是說，搞不好是這樣。」

「他要還什麼願？」

「我怎麼知道？」

「以前到處都是野狗，整天聚在一起幹壞事。」

爸爸靠在流理臺旁，一臉懷念地說完，喜喜接著說：「現在的野狗都會被撲殺，所以孤獨先生可能看了於心不忍。小武，你有沒有看過孤獨先生叫野狗？」

「我去送便當時，曾經看到孤獨先生像剛才一樣合起雙手，然後對著手吹氣，結果狗就不知道從哪裡冒了出來，啪答啪答甩著尾巴，孤獨先生就把豬骨頭丟給牠。是一隻身上有黑點的白狗。」

豬小弟和喜喜點著頭。

剛才的是怎麼回事？當時，我曾經詫異地問孤獨先生。你有辦法叫狗過來嗎？你根本沒有發出任何聲音啊！

狗可以聽到人類聽不到的聲音。孤獨先生分了一些便當給狗吃時告訴我。這個世界上充滿了我們聽不到的話。

啊？啊？你可以叫所有的狗嗎？

如果想的話，並不是做不到。

哇，太厲害了！

只是需要花一點時間。

但是，孤獨先生，你最好不要用餵野狗的筷子直接吃飯！

「太可笑了。」肯尼鼻孔噴氣冷笑著。「這是逃避現實，即使救了野狗，也無法改變任何事，落魄的傢伙還是會繼續落魄下去。」

「肯尼，我說你啊，」阿華一臉不以為然地說：「你沒辦法談論一些抽象的事，所以只能靠刺青來掩飾。」

「你在說什麼屁話，」肯尼生氣地說：「刺青代表了生存的方式，完全沒有一丁點模糊的地方。」

「只要看你店裡的客人就知道了，和你手下的刺青一樣，全都是一些虛張聲勢的傢伙，想要靠刺青去嚇唬別人。」

「幹！你是在故意找我的麻煩嗎？」

「不過，這也是你可愛的地方。」

「阿華的意思是，」寧姊露出同情的眼神看著肯尼。「刺青搞不好也是在逃避現實，所以，孤獨先生同情野狗，和你全身刺滿刺青在本質上相同。」

「刺青很現實啊。」

「如果這個現實的背後缺乏抽象的信念，刺青和塗鴉沒什麼兩樣。」

豬小弟和喜喜點著頭，阿華又低頭看報紙，寧姊結完帳走了出去，肯尼一臉不屑理會這種傢伙的表情，氣鼓鼓地吃著排骨飯。

紋身街是一條又窄又短的巷道，即使不值得成為話題的事，大家也很快就知道了，所以我覺得這件事也不值得討論。

但是，小混混鮑魚很愛占小便宜，而且做的事很小家子氣。

沒有混黑道的阿華反而比他更講義氣，鮑魚那傢伙就趁虛而入，來阿華的攤子喝珍珠奶茶從來沒有付過錢。每次都晃到攤子前鞠躬叫一聲：「阿華哥」，然後故意一直說什麼「好熱」、「口好渴」，於是阿華就會貼心地為他做一杯飲料。

「鮑魚那傢伙是可憐蟲。」

「阿華，你認識他嗎？」

「我怎麼可能認識那種王八蛋黑道小弟！」

「那你為什麼說他很可憐？」

「因為那種只能指望別人的善意生存的人都是可憐蟲啊。」

鮑魚不光指望別人的善意，還會卯足全力搶奪這份善意。

不久之前，豬小弟和喜喜這對兄弟檔刺青師推出了「凡高中生刺青，加贈刺一顆星」這種反社會的促銷活動，鮑魚明明不是高中生，還特地跑來紋身街，恬不知恥地威脅豬小弟他們，要求在腳背上刺一顆比任何人更出色的流星。

「真想讓你也看看喜喜當時的表情！」鮑魚向我爸爸炫耀著他剛刺好的流星，發自內心地開心笑了起來。「我臭罵了他一頓，他還對我翻白眼。話說回來，老闆，這裡的炸雞簡直就是人間美味，謝謝招待，我改天再來。」

咚地一聲，爸爸用切肉的菜刀用力剁向砧板，鮑魚整個人跳起一公尺高。

「幹、幹麼，老闆……」

鮑魚語無倫次，爸爸靜靜地告訴他炸雞的金額。鮑魚的視線從爸爸身上移向菜刀，又看了看雙手抱在胸前的媽媽，最後嘿嘿笑著，向我付了錢。

「不用找了。」

「這點零錢根本擺不了闊。」

鮑魚惡狠狠地瞪著我，然後嘀嘀咕咕咒罵著自己受到極其不當的待遇，還說我家的炸雞越做越小，衝出了餐館。

「小武，你可要看清楚了，」爸爸嘆著氣。「一旦變成他那樣，就真的完蛋了。」

刺青街裡這樣的範本相當多，既然阿華和爸爸都這麼說鮑魚，所以還是小孩子的我當然會覺得他是人渣。

照理說，鮑魚這種整天遊手好閒的垃圾根本沒什麼值得一提的事，但一座土地公廟的本尊離家出走了，鮑魚的老大命令他，即使挖地三尺，也要把福德正神（土地公）找出來帶回廟裡，否則就要打斷他的腿，鮑魚就驚慌失措地東奔西跑，四處尋找。

爸爸告訴我，土地公廟是百姓自己建的廟，祭祀的神明土地公在道教中也是墊底的神明，所以和百姓很親近。土地公很隨興，有時候會突然跑出去玩，完全不顧會造成人類的困擾。如果我們溜出學校，跑去遊樂場玩，就會被教官罵得狗血淋頭，但沒辦法罵神明。為了避免土地公偷偷溜出土地公廟，所以平時大家都會供奉祂愛吃的食物，香火不斷，讓祂娶妻。當有些老人家說，土地公只有一個老婆可能無法滿足，於是立刻為他找了小老婆。這些都是為了讓土地公安分工作，據說全臺各地有超過一千三百座土地公廟。

我暗自想道，這意味著有幾十倍、幾百倍的信徒聽從土地公的擺布。

鮑魚的老大雖然是黑道大哥，但也不例外，他認為不仁不義的事可以靠信仰彌補，所以就命令鮑魚這種用完即丟的棋子去找土地公。反正即使鮑魚死了，他也不痛不癢。

「阿華哥！阿華哥！」鮑魚哀求著阿華。「這次一定要請你幫幫我！如果我可以找到土地公，把祂帶回廟裡，老大就會對我刮目相看，但萬一——」

「那就一輩子翻不了身，只能繼續當小混混。」我好心勸他。「鮑魚，我看你乾脆回老家比較好。」

「閉嘴，臭小子！」他竟然不知好歹地罵我。「阿華哥，有沒有什麼好辦法……？」

「你要我想想好辦法……要不要用女人誘惑祂？」

「已經試過了。不久之前，我大哥花錢為土地公從大陸帶來了小老婆，土地公還是沒回來。」

「你們怎麼知道土地公有沒有在廟裡？」

「那座廟的正殿是密閉空間，當然也沒有空調，土地公前點了一支蠟燭。當蠟燭的火倒向出入口，就代表土地公出門了；如果倒向相反的方向，就代表土地公回來了。」

我覺得鮑魚說的話很有道理。在沒有空氣流動的房間內，當蠟蠟的火動了，就代表有某種力量存在。

「土地公會不會晚上回到廟裡，只是大家沒有發現？」阿華敷衍地問。

「如果是這樣，不可能這麼長時間都不靈。」鮑魚搖著頭。「反正不管是我大哥還是廟公，都嚷嚷著說，土地公離家出走了。」

阿華抱著手臂發出低吟。「那就只能用土地公喜歡的食物來誘惑祂了。」

「土地公喜歡吃什麼？」

「我記得祂愛吃花生軟糖。」

「花生軟糖……」

「還有水果吧，聽說三太子也喜歡吃香蕉。」

「有那麼多水果，到底是哪一種？」

「鳳梨不行，」我說：「我爸爸說，土地公討厭吃酸的東西。」

「小鬼，你說的是真的嗎？」

我告訴他，這條巷子底有一個賣好吃花生糖的攤位很有名，鮑魚那傢伙一口氣衝了過去，腳上的拖鞋都快掉了。

「老闆！老闆！花生軟糖統統給我！不要硬糖，非要軟糖不可！」

我和阿華互看了一眼。

「嗯，做人絕對不能被人抓住要害。」

「小武，知道了嗎？」

「太聰明了。」

鮑魚手上抱著一大堆花生糖的袋子回來了。

「還有呢！」他上氣不接下氣地問。「土地公還喜歡什麼！」

「我剛才想起來了，土地公好像最愛珍珠奶茶。」

「真的假的？」鮑魚瞇起眼睛，似乎不太相信。我點頭如搗蒜。

「可是珍珠奶茶不是現代的飲料嗎？」

「幹！」阿華大吼。「那我就好心地教教你吧！吃了花生糖不就會很渴啊。難道你不會渴嗎？你他媽的……你是說我騙人嗎？是這個意思嗎？」

看阿華怒氣沖沖的樣子，鮑魚有點招架不住。沒有啦，我沒有不信阿華哥啦……他安撫著說。

「土地公喜歡喝珍珠奶茶！如果你不相信我，下次不許再來這裡。下次再讓我看到你，絕不會讓你好過！」

「別這麼生氣嘛，阿華哥！」

「快說，到底買還是不買，你給我說清楚！」

於是，阿華不僅趁機拿回了之前被鮑魚白喝珍珠奶茶的錢，而且接下來那段日子，阿華的攤位生意特別興隆，連珍珠都快來不及做了。鮑魚每天都包下了阿華的珍珠奶茶，但可能拿來拜土地公實在太多了，所以有時候看到他的那些黑道兄弟大搖大擺地出現在西門町時，手上也都拿著珍珠奶茶。

我和阿華忍不住擊掌。離開土地公廟的土地公搞不好在阿華那裡，因為土地公也是財神。

「誰把孤獨先生的事告訴那個王八蛋？」

聽到阿華這麼問，喜喜呼嚕呼嚕吸著珍珠豆奶茶搖了搖頭，刺滿刺青的手上拿著豬小弟的鐵觀音奶茶。豬小弟有糖尿病，所以每次都點不加糖、不加珍珠的奶茶。

「但孤獨先生應該不會接受這種委託吧。」

「這很難說，畢竟這次的對手是鮑魚。你也知道，那傢伙遇到弱者就特別強勢。」

「那個王八蛋去威脅孤獨先生嗎？」

喜喜聳了聳肩，似乎在說，這種事要問老天爺才知道。

雖然無從得知來龍去脈，鮑魚已經被必須找到神明，而且要把神明帶回家這個過分的要求逼到了絕境，根本不顧什麼面子問題，不管三七二十一，到處攀關係、找關係，最後終於靠著比蜘蛛絲還細的人脈關係，找到了孤獨先生的事務所。

隔天傍晚，我看到寧姊來買茉莉花奶茶，立刻丟下店裡的生意，衝去阿華的攤位。

「好像是肯尼把孤獨先生的事告訴了他，聽說之前曾經有黑道兄弟把這麼大——」寧姊張開雙手，好像抱了一個無形的躲避球。「的烏龜帶去找孤獨先生。」

「烏龜？」

「聽說是半夜三更，委託他幫忙找可以為烏龜治病的醫生。」

「真的假的？」阿華大聲嚷嚷著。「孤獨先生有幫那個人找到治療烏龜的醫生嗎？」

「應該有吧，所以肯尼就不小心把這件事透露給鮑魚了……所謂病急亂投醫吧。」

寧姊說完，用形狀漂亮的豐滿雙脣咬住了吸管，喝著茉莉奶茶，走回紋身街的黑暗中。寧姊嗜甜如命，所以每次都點全糖的飲料。阿華的一杯全糖飲料甜得可以讓全臺北的螞蟻都感到幸福，我媽向來不准我喝。

兩天後，肯尼自己現身了。那天星期四，天氣熱得要命，我放學之後，剛好借了阿華的手機在玩。

「聽說是你向鮑魚那傢伙介紹了孤獨先生？」

阿華在做荔枝奶茶時，用責備的語氣問道。肯尼堅信冷飲會危害身體健康，所以他雖然是滿身脂肪的胖子，但無論天氣再熱，他都要求阿華不加冰塊。

「肯尼，我覺得比起去冰，你更應該去糖吧。」

阿華聽了我的話，也表示同意。

「我並沒有介紹給他認識，」肯尼流著汗，喝著溫熱的荔枝奶茶。「我只是說，之前有一個人養的寵物貂逃走了，孤獨先生曾經幫飼主把貂找回來了。」

「不是烏龜嗎？不是孤獨先生為黑道兄弟找到了治療生病烏龜的醫生嗎？」

「啊？誰說的？」

「阿寧啊……小武，對不對？」

我抬頭看著肯尼點了點頭。

「說是黑道兄弟半夜三更帶著烏龜去找孤獨先生。」

「幹！」肯尼咂著嘴。「那個女人在聽別人說話時，連一半都沒聽進去……到底要怎麼把貂聽成烏龜？」

於是我知道，寧姊對土地公完全沒有興趣，也根本不把肯尼放在眼裡；對她來說，鮑魚的生死根本無所謂。

之後，我們就完全忘了這件事，但在秋老虎終於停止發威的十月中旬，我在萬年商業大樓巧遇了孤獨先生。

孤獨先生仍然穿著那套厚布料的黑色西裝，在擁擠的人群中，好像漫無目的地走著，手上拎了一個紅白相間的塑膠袋。我撥開人群，跑過去叫住了他。
「孤獨先生，你買了什麼？」
孤獨先生沉著地轉過頭，懶得叫我的名字打招呼，只是微微舉起塑膠袋給我看。
「你去了萬華嗎？」
塑膠袋裡裝著萬華一家知名豬腳店的便當。
「因為我在調查一些事。」孤獨先生不知道看著哪裡，用一如往常的平淡語氣說話。我覺得他即使知道明日世界將毀滅，應該也不會正視。「所以就順便買了便當。」
聽他這麼說，我想起來了。
「啊！你該不會在查土地公離家出走那件事？」
「你知道？」
「誰不知道啊，你去萬華找土地公嗎？」
「我去四處查訪。」
「找土地公嗎？你是認真的嗎？」

「因為這是我的工作。」孤獨先生看起來不像在說笑話。「我去一些最近突然變得很靈的廟調查情況。」

「為什麼？」

「凡事都有理由，也許我正在找的土地公就在那些突然變得特別靈的廟裡。」

「你是說多了一個神，所以就變得特別靈了嗎？」

他點了點頭。

「有什麼收穫嗎？」

「說有也算有所斬獲，說沒有也算是一無所獲。」

「……」

「萬華的四面佛最近很夯，」孤獨先生說。「四面佛是泰國的佛，臺灣的土地公不可能跑去泰國的佛那裡。」

「你怎麼知道？很多臺灣人都去泰國啊，我媽之前也和她的朋友一起去了泰國。」

孤獨先生看著我，然後小聲地回答：「憑我的直覺。」

「既然神明離家出走，根本不可能找到。」我忍不住為他擔心。「更何況根本看不到土地公，搞不好一直都在土地公廟裡，只是偷懶沒有工作而已。」

孤獨先生痛苦地低吟了一聲。

「雖然鮑魚的老大嚷嚷著土地公離家出走了，但其實根本沒有人在意這種事，所以只要能夠搞定鮑魚的老大就好，不是嗎？既然這樣，乾脆花錢找一個路人，說自己去土地公廟拜拜之後很靈，然後四處宣揚就好了。只要土地公廟很靈，就代表土地公在廟裡。」

「問題在於對方是黑道兄弟。」

「你害怕被發現嗎？那可以用手機在網路上發文啊，反正只要讓大家知道那家土地公廟很靈就好了，要不要我請阿華他們幫忙？」

「那可不行。」

「為什麼？」我嘟起嘴。「不用擔心，反正是在網路上發文，絕對不會被人發現。」

「我說的不是這個。」

「……」

「如果土地公自己回去廟裡，我就沒戲唱了。」
「喔，有道理，這麼一來，那個死鮑魚就不會付錢了。」
「等接到我的通知之後，再請阿華幫忙。」
「所以你還是要找他幫忙啊！」
「小武，謝謝你。」孤獨先生的臉上閃過似有若無的微笑。「多虧了你，我應該能夠對委託人有交代了。」

兩天後，我正在店裡寫功課，聽到阿華在馬路對面叫我。
「喂，小武！聽說孤獨先生正在把土地公請回來！」阿華站在自己的攤位裡揮著手機說道。「剛才鮑魚打電話通知我，你趕快去看看。喂，這種時候還做什麼功課！」
我衝出店外，推開人潮跑了起來。因為跑得太快了，轉彎不及，重重地撞到了路人的後背。
「幹！」原來是喜喜。「走路眼睛看哪裡啊！」
「這不是小武嗎？」豬小弟咬著插在竹籤上的鹹酥雞，慢條斯理地說。「兄弟，這麼慌慌張張要去哪裡啊？」
「聽說孤獨先生找到土地公了！」
我們三個人一起跑了起來。跑到半路時，鹹酥雞的紙袋破了，豬小弟罵著不堪入耳的話，嚇壞了路人。雙手刺滿刺青的男人邊罵邊全速奔跑，所有行人都跳到路旁讓開路。這件事讓豬小弟可得意了。

當我們趕到那座老舊的土地公廟時，那裡已經聚集了不少人。

雖說是土地公廟，但那裡看起來更像是公共廁所。我這麼一想，就覺得好像聞到了尿騷味。我小的時候曾經流行一首日本歌，那首歌的內容大致是有一個阿嬤騙孫子，廁所裡住了一個漂亮的女神，然後叫孫子去打掃廁所。反正老人三不五時就會搬出神明來助陣，八成是沒有人要聽老人的話，他們覺得只要謊稱是神明說的，我們這些小孩就會聽話。我認為這就是人類需要神明的原因，因為每個人早晚都會變成老人。

太陽漸漸下山，土地公廟屋頂的兩尾龍幾乎被隱入薄暮中。沒有風，小蝙蝠忙碌地飛來飛去，我擠在大人背後一個勁地跳。

「有沒有看到什麼？」

喜喜伸長脖子說：「鮑魚在最前面！」

兄弟檔刺青師想要撥開人群，但擋在前面的那些人一看就知道是黑道兄弟。喂喂喂，你們是混哪裡的？這對兄弟檔刺青師被嘴唇都讓檳榔汁染紅的男人一問，立刻像被灑了鹽的蝸牛一樣縮了起來。今天人太多了，擠不進去。

我看到黑道大哥在人群的深處，所以說，孤獨先生要當著大哥的面把土地公請回來嗎？我看著豬小弟和喜喜拚命向那些黑道兄弟鞠躬賠不是的樣子，就覺得刺青不僅和男人的生存方式毫無關係，甚至根本沒有任何屁用。我經過他們身旁，矮小的身體在大人之間鑽來鑽去，最後終於擠到了正殿的最前面，聽到低聲說話的聲音。

「你真的可以把祂請回來吧？」

抬頭一看，色彩鮮豔的土地公就聳立在我面前。土地公爺爺留著大鬍子，看起來氣色很差，穿著黃色綢緞衣服。木雕的土地公當然不可能開口，說話的是站在土地公小老婆前一個大腹便便的大叔。土地公的小老婆是一個身材苗條，皮膚白皙的美女，穿著藍色綢緞的斗篷。土地公在正中央，土地婆——也就是土地公的太太穿著紅色綢緞衣服，看起來是一個嫉妒心很強的無趣老太婆，但感覺土地公的小老婆也很囉嗦。阿華以前曾經說過，有多少女人，就有多少煩惱。這句話很有道理。我抬頭看著土地婆，然後又將視線移向小老婆，最後看著土地公，覺得祂想離家出走也情有可原。

「你應該知道隨便亂說的後果吧？」

大腹便便的大叔說完，鮑魚那傢伙好像蒼蠅一樣搓著手諂媚說：「當然不可能是隨便說說，這個偵探很厲害，在西門町一帶很有名。」說完這句話，立刻轉頭喝斥孤獨先生。「喂，偵探，如果你敢隨便亂說，我絕對不會饒你。」然後又一臉奉承地看著那個大叔，所以我知道那個人就是黑道大哥。大哥是個禿頭胖子，如果說他是附近擺攤賣蔥油餅的老闆，也絕對不會有人懷疑。他和爸爸以前經常看的黑道電影中演大哥的一點都不像。

「叔叔，」我拉了拉大哥的袖子，鮑魚吃了一驚。「我想土地公是因為家裡有女人，所以才想離家出走，祂可能想一個人靜一靜，想清楚一些事。」

「靠腰啦！」鮑魚大聲喝斥，抓住我的脖子。「小鬼閃一邊去！」

「保持安靜！」孤獨先生嚴肅地吩咐。「師父已經在和土地公溝通了。」

鮑魚被大哥狠狠瞪了一眼後，一把抓住我的胸口，然後伸出手指警告我之後，把我推開了。

穿著黃色袈裟的和尚跪在土地公面前，合起雙手，嘴裡唸唸有詞。大哥虔誠地低下頭，那些小弟也都紛紛模仿，尤其是鮑魚，更是真心誠意地祈禱。這也難怪，因為他很清楚，萬一孤獨先生失敗了，他就會遭殃了。

道士在唸經的空檔，厲聲說了聲：「把門關起來。」因為沒有人去關門，大哥咆哮起來。你們這些王八蛋，沒有聽到師父說要關門嗎？這時，我和鮑魚對上了眼。他面露凶相，動了動嘴巴，無聲地對我說，你給我記住。我忍不住同情他。

正殿內擠滿了人，門一關上之後，簡直就像三溫暖。汗水順著我的臉頰流了下來，大哥拚命用手帕擦著額頭，那些小弟就像狗一樣喘著粗氣。

道士在唸經的同時，從懷裡緩緩拿出黃色的符紙，俐落地結了印之後，符紙突然燒了起來。在場的人都大吃一驚。接著，道士突然用充滿氣魄的聲音說：

「土地公！土地公！請您趕快回府！土地婆和姨太太都在府上恭候大駕！」

所有人都屏息斂氣，凝視著豎在土地公前的蠟燭。蠟燭上蒼白色的火焰幾乎靜止，火焰的前端不停地噴著黑煙。

蠟燭的火倒向門口的方向，就代表土地公出門；如果倒向相反的方向，就代表土地公回到了廟裡。

孤獨先生雙手舉到臉前合了起來，閉上了眼睛。道士「嘿！」地吆喝了一聲跳了起來，落地時雙腳張開，蹲成了馬步。我大吃一驚，心跳加速。

「土地公！土地公！大家都在等您回來！請您無論如何、無論如何都要回來我們這裡！」

下一剎那，蠟燭的火出現了變化！難以置信的景象讓所有人都倒吸了一口氣。黑道大哥就像肚子上挨了一刀般低吟一聲，鮑魚用力揉著眼睛。其他黑道分子都渾身發抖，甚至有人五體投地大聲祈禱。

當倒下的火緩緩直立時，蠟燭又靜止不動，好像什麼事都沒發生過。

「喔喔！」道士丹田用力大聲喊道。「土地公，您回來了！」

在場的所有人都瞠目結舌。蠟燭的火苗再度晃動，倒向土地公像的方向，簡直就像草被風吹得倒下一樣。

正殿內響起歡呼聲，小小的土地公廟內充滿了歡樂的聲音。原本關著的門用力打開，戴著民進黨棒球帽的老人口齒不清地逢人就說，土地公回來了，土地公回來了。

「謝謝師父。」黑道老大雙手握住道士的手。「但土地公真的回來了嗎？」

「當然回來了啊。」

「我相信你沒問題吧？」

「剛才正殿的門都關著，連一絲風也不透。在這種情況下，只有一個理由會讓蠟燭的火苗晃動。」

「我最討厭別人唬弄我。」大哥目露凶光。「如果這裡有人想騙我，我會讓他像煙一樣消失。」

「你必須相信。」道士大力拍胸脯保證。「很快就會顯靈了。」

大哥緊盯著道士的眼睛，然後重重地點了點頭。

有人開始放鞭炮，然後把事先準備的雞、豬肉和水果都排放在土地公像前，歡樂的景象簡直就像是有人轟出了再見全壘打。黑道大哥用力和廟方的理事、廟公那些老人握手，鮑魚欣喜若狂地緊緊抱住了孤獨先生。「我就知道，我就知道你他媽的可以搞定這件事！」他用力拍著孤獨先生的後背，好像孤獨先生是他的拜把兄弟。孤獨先生滿頭大汗，用肩膀喘著氣。

「孤獨先生，你沒事吧？」我問他的時候，覺得自己一直在為他擔心。「你的臉色很蒼白。」

孤獨先生精神恍惚，好像聽不到任何聲音。他的胸口用力起伏，調整著呼吸。

「孤獨先生？」

「喔，小武……前天的事就拜託你了。」

「前天的什麼事？」

這時，鮑魚突然走過來，把話還沒有說完的孤獨先生拉去他老大面前。

孤獨先生轉過頭，對我點了點頭。

我被人推來推去，總算從本殿擠了出來，發現豬小弟和喜喜已經和那些黑道兄弟一起喝啤酒談笑起來。這裡沒我的事了，我可沒那種閒工夫，也沒那種心情在這裡傻傻地看大人喝酒。當我這麼想著走出土地公廟時，看到了那隻野狗。

我原本已經走了過去，但忍不住停下腳步看著牠。那隻看起來很善良的野狗乖乖地坐在笑聲不斷的土地公廟旁，好像在等人。路燈照亮牠有點髒的白色身體，上面有黑色的斑點。

我抬頭看著土地公廟，看到圓月懸在夜空，然後我又將視線移回狗的身上。

「該不會是孤獨先生剛才叫你？」

野狗垂著長長的舌頭，抬頭看著我，乖巧地輕吠了一聲。牠以為有人要餵食牠吃東西……所以才會在這裡嗎？牠是孤獨先生平時經常餵食的野狗。

喔喔，原來是這麼一回事！

我飛速跑回阿華的攤位，把土地公廟發生的事從頭到尾都告訴了他，還轉達了孤獨先生沒有明確說清楚的交代。我們兩個人認真而又仔細地驗證了我的假設。因為環境證據實在太明確，就連疑心病很重的阿華也不得不全面同意我的看法。我們認為稍微過兩天再散播土地公回廟的傳聞比較妥當，因為如果馬上顯靈，反而會引起別人的懷疑。

「沒想到孤獨先生之前照顧流浪狗，竟然在這次發揮了作用！」阿華不由地感到佩服。「這就是俗話所說的善有善報。」

接下來有一段時間都沒看到孤獨先生，我又忍不住為他擔心，該不會是出了什麼差錯，結果那些黑道兄弟對他下了毒手？我整天在為孤獨先生擔心。

「我昨天還和鮑魚那個王八蛋聊了一下，他並沒有提到孤獨先生，我想應該沒事吧。」

「手機借我一下。」

我用阿華的手機查了土地公廟的事，找到了我想要內容。痔瘡很快就好了、不小心吞進肚子裡的金牙排出來了、離家出走的老婆回來了。有一大串拜了土地公之後顯靈的事。

「阿華，這些都是你一個人發文的嗎？」

「怎麼可能！肯尼也有幫忙，但也只是一開始而已，現在網路上的那些內容都和我無關。」

「你是說，消息自然傳開了嗎？」

「這就是所謂心誠則靈吧。」

「什麼意思？」

「拜拜這種事，如果你覺得靈就很靈；如果你覺得不靈就不靈了啊。」

「阿華，你相信嗎？」

「神明嗎？你不是親眼看到孤獨先生對著蠟燭吹氣嗎？即使這樣，仍然相信嗎？」

「我並沒有親眼看到，只是蠟燭剛好就在合起雙手的孤獨先生面前，蠟燭的火倒了下來，所以我猜想應該是孤獨先生吹了氣。之前寧姊不是說，孤獨先生會發出犬笛的聲音嗎？」

「那隻野狗剛好在附近，以為有吃的，所以就跑去土地公廟。」

「還有其他可能嗎？」

「不，我也這麼認為。」

「而且孤獨先生那時候看起來很痛苦的樣子。」

「我覺得應該有神明，」阿華說。「只不過蠟燭火焰這種東西沒辦法證明。在這次的事上，你、我和那隻野狗都是孤獨先生的神明。」

下一次見到孤獨先生，是北風已經開始吹起，學校遠足去動物園的時候。

我對木柵動物園實在逛得很煩了。面積太廣大，才剛看完一個動物，馬上又要接著走到下一個動物那裡。我們拖著步伐走在兩旁由橡膠樹與姑婆芋圍起來的參觀道上。溫帶動物區的狼被關了太久，彷彿要發瘋一樣，非洲動物區的獅子們懶洋洋有氣無力的，即使母獅子怎麼挑釁，都引不起公獅子的興致。倒是河馬有很多。巨大的鱷魚很孤獨，看起來只是在等死罷了。大猩猩在人工打造的岩窟裡抱膝坐著。老師教過黑猩猩不是猴子科的物種。因為猴子有尾巴黑猩猩沒有。熊貓果然很可愛，在玻璃隔間裡精力充沛地走來走去。老師說那是因為國民黨的努力，中國送給我們的，真不想聽到這種事。

「小武，你看那個人。」跟我走在一起的楊亞嵐戳了下我的胳肢窩。「這種冷得要死的天氣裡竟然赤著腳穿涼鞋耶。」

「寒冬裡赤腳的傢伙很可怕哦。」史佩倫把話題扯開了。「那種人會虐待兒童，不然就是把小女孩拐走。」隨時好像會冒雨的陰沉天空下，孤獨先生穿著那件黑色西裝，因為天氣太冷，他一邊跺著腳，一邊怔怔地看著柵欄內的大象。柵欄內只有兩頭大象，彷彿這世界就只剩牠們兩個，散發著一股悲涼。到了自由活動的時間，同伴們都跑到鳥園區，我卻悄悄離開，走去孤獨先生身旁。媽媽給我戴了一頂黃色的針織帽。一頭大象抬起一條腿，靜止不動，彷彿在當模特兒讓人畫畫兒一樣。看到遠處向著貓空往上爬的空中纜車。等了很久，孤獨先生仍然沒有發現我，我終於忍不住開了口。

「喂，別人覺得你是變態哦。」孤獨先生瞥了我一眼，又將視線移回大象身上。「我今天來看大象。」他這麼說，而且看起來真的對其他事漠不關心。

「孤獨先生，上次是不是你吹蠟燭？」

孤獨先生沉默片刻，好像正在等著話語搭很慢的電扶梯送到嘴裡。最後，他小聲地說：

「這種事並不重要。」

「那什麼事才重要？」

「我想想，」孤獨先生想了一下。「比方說，思考宇宙真正的價值。」

「啊？」

「你之前在植物園的時候不是問過我嗎？」

我搖了搖頭。

「是喔，」孤獨先生點了點頭說：「這個世界上並沒有很多重要的事，只有

一、兩件而已，除此以外，都是一些無足輕重的事。」

那一、兩件重要的事是什麼？我原本想問他，但突然覺得很無聊，所以就沒問。反正即使問了也不會有答案，和孤獨先生聊天，從來沒有一次覺得有任何幫助。

但我覺得等到長大之後，就必須瞭解這個問題。我們站在一起看著灰色的大象，心不在焉地想著真正重要的一、兩件事。大象時而甩著長鼻子，時而搖晃著龐大的身體。雖然看起來毫無意義，但也許對大象來說有意義。

宇宙是一個大箱子，裝滿我還無法理解的所有故事——這也許就是宇宙真正的價值。

我不由地這麼想。

骨詩

為我們上鄉土教育課的老師名叫霍明道，三十一歲，是臺中的賽德克族人，但也在研究所學過其他部族的語言。

原住民除了漢人姓名以外，還有原住民本身的名字。霍老師真正的名字叫諾坎・瓦坦。我覺得有兩個名字這件事超酷，但聽老師說，他的祖父還有日本名字。

「那是日治時期取的名字。」老師告訴我們。「我的祖父的日本名字叫高山一郎。」

戴著厚鏡片粉紅色眼鏡的陳珊珊是班上功課最好的高材生，她高舉起手問：

「老師，所以你們都有三個名字嗎？」

「日治時期是什麼時候結束的？」

「一九四五年。」

「答對了。」霍老師點了點頭。「我是一九八六年出生，所以沒有日本名字。」

但我知道，霍老師雖然沒有日本名字，但他有另一個名字。

那是不久之前的事。我記得那天是星期六，燠熱的夜晚吹著又悶又濕的風，我正在店裡幫忙收拾，阿華在巷子對面叫我：

「喂，小武，你來幫一下忙。」

我看向媽媽，媽媽聳了聳肩，我把抹布丟在桌上，跑去阿華的攤位。

「聽說阿寧的小白找到了。」

寧姊養了一隻名叫小白的黑貓，幾個星期前失蹤了。寧姊說，牠不屬於任何人，想去哪裡都是牠的自由。

但整條紋身街的人很快就知道，寧姊這麼說只是在逞強。自從小白失蹤之後，寧姊經常心不在焉，失魂落魄。在我家的小餐館吃飯時，會突然站起來衝到大街上，但每次又垂頭喪氣地走回來，淚水在眼眶裡打轉，戳著吃剩的飯。肯尼曾經喵嗚、喵嗚地假裝貓的叫聲逗她，寧姊猛然站了起來，東張西望地尋找，但最後只看到肯尼大聲傻笑的樣子，怒不可遏地對亂開玩笑的肯尼動了粗。

「聽說是阿寧接到朋友的通知，」阿華說。「阿寧剛才用 LINE 聯絡我。你去跑一趟，把貓帶回來。」

「寧姊為什麼不自己去？」

「她在忙。」

「那你去就好了啊。」

「我也在忙啊。」阿華咂著嘴，一屁股坐在圓椅上，翻開了報紙。「大人和你們這些小鬼不一樣，有很多事要忙。廢話少說，快去吧。」

於是，我為了正在幫客人刺青的寧姊，以及為了根本沒打算為寧姊動一根手指的阿華，去位在漢中街的那家舞廳把貓帶回來。

說到歌舞廳，我並不是一無所知。那種地方的音樂總是震耳欲聾，還有香菸和酒，年輕男女瘋狂亂舞，不是渾身虛脫地靠在牆上，就是在廁所裡卿卿我我，而且還有毒品買賣。只要住在紋身街，想不聽到和舞廳相關的糾紛也難。最近聽豬小弟和喜喜說，在西門町的某家舞廳，有一個女生被好幾個男人拳打腳踢，最後還被割了喉。豬小弟很愛吹牛，所以他的話不能照單全收，但每次聽到有得意忘形後的女生在舞廳哭泣，大人總是趁機教我們什麼叫做自作自受。即使這樣，大家還是愛去舞廳，為了在舞廳成為矚目的焦點，跑來紋身街刺青。到底是為了什麼？阿華說，人的內心都有自我毀滅的願望，但我搞不太清楚。

「因為無法順利想像死亡，所以他們只能想像音樂、毒品和刺青。」

也許等我長大之後就能夠理解，但反正是很久以後的事。在九歲的我眼中，舞廳就是閒著無聊的人想要自討苦吃才會去的蠢地方。

我看著一旁貼著撕破的海報和寫滿塗鴉的牆壁走下樓梯，推開具有隔音效果的沉重大門，立刻被像水一樣的藍光包圍。

雖然是週末，但店裡的生意很冷清，零星的幾個客人幾乎都站在牆邊，聚光燈照射的小舞臺上，一個男人靜靜地唱著饒舌歌曲。一個看起來像保鑣的男人吹鬍子瞪眼地走了過來，我立刻對他說了寧姊的貓的事。

「你不是紋身街入口那家小餐館的兒子嗎？」

「對。」

「什麼貓？」

「因為有人通知說，這家店的人抓到了一隻黑貓。」

「你家的貓嗎？」

「呃，對。」

「我不知道，你去辦公室問問。」

我正準備走向保鑣手指的方向，冷不防有什麼吸引了我的目光，我看向舞臺。舞臺上既不嘻也不哈的男人仍然隨著單調的節奏，嘀嘀咕咕地說一大堆話。

莫那魯道——因為我在學校才剛學過這個名字，所以立刻吸引了我的注意力。

霍老師在巴掌大的舞臺上唱著莫那魯道。我忍不住看著他出了神。好幾盞聚光燈都打在老師的頭上，不時變化出各種不同的顏色照亮了舞臺。老師在紅、藍、綠的光線中，夾雜著國語和原住民語，唱著太陽、月亮和鹿的心臟的歌。他的表情不像在學校為我們上課時那麼親切溫柔，嘴脣貼著麥克風，不斷吐出熾熱字眼，看起來既像在生氣，又好像在哭。

一曲終了，響起了零零落落的掌聲。老師對著幾乎空無一人的舞池鞠了一躬，向ＤＪ室的男人打了聲招呼，嘴脣貼著麥克風，靜靜地說：

「〈骨詩〉。」

我走去辦公室接小白。這家舞廳的老闆很胖，雖然我沒見過他，但我看過他左手臂上的骷髏頭刺青。肯尼的店裡貼著一模一樣的骷髏頭圖案，肯尼是個浮誇的男人，他刺的刺青當然也很浮誇，得意洋洋地把這種東西刺在身上的傢伙也必定很浮誇。

「小心別讓牠逃走了。」老闆提醒。「那隻貓比外表看起來的更難搞哦。」

我點了點頭，用尼龍繩綁在貓的紅色項圈上，抱著牠走出辦公室。

霍老師仍然頑強地留在舞臺上，正在唱另一首歌。蒙灰的心臟、我們的真實、虛虛實實的黑色果實究竟指的是什麼呢？我抱著貓匆匆離開了舞廳，以免被老師察覺。剛才的保鑣對我點了點頭，我也對他點了點頭。當我走上樓梯時，發現牆上的海報中，有一張老師小小的照片，他戴了一頂大聯盟棒球帽的照片下方，寫著〈Nokan Watan a.k.a. MC BONE〉。

我把有霍老師的那張海報撕下來帶回家，拿給阿華看，右手緊緊抓著綁住寧姊的貓的尼龍繩。

「a.k.a. 是什麼意思?」

「別名的意思。」阿華一臉不以為然地看著霍老師。「這個山地人是饒舌歌手?」

「他是我們學校教原住民語的老師。B、O、N、E是什麼意思?」

「骨頭的意思。」

我忍不住哈哈大笑起來。MC骨頭!瘦巴巴的霍老師唱歌的身影的確很像是骷髏在唸詛咒的咒文。對喔,難怪歌名叫〈骨詩〉。

「所以呢?」阿華問:「他唱什麼?」

「我也不太清楚,好像在唱莫那魯道的事。」

「那是什麼?」

「他是以前的山地人,發起霧社事件的人。阿華,你以前在學校沒學過嗎?莫那魯道殺了很多日本人,結果導致更多山地人死在日本人手中。」

阿華像饒舌歌手一樣手舞足蹈,搞笑地唱著:「Big Brother 莫那魯道 R.I.P.」。

「所以這個老師用原住民語唱饒舌歌曲嗎？如果是這樣，他的前途令人擔憂。」

「為什麼？」

「饒舌歌曲有點像是文字遊戲，你認為有多少人會覺得原住民語有趣？」

「但大家不都聽英文的饒舌歌曲嗎？」

「英文沒問題啊。」

「為什麼？」

「因為在這個國家，大家都想要假裝自己英文很溜。」阿華說。「所以不能承認自己聽不懂英文。」

我覺得這根本就像是國王的新衣。用傻瓜看不到的布料做的衣服，讓人死也不敢說國王光著身體的衣服——這就是英文嗎？

不一會兒，寧姊來接貓。她可能太慌張了，兩隻手上還戴著預防感染愛滋病用的塑膠手套。小白被寧姊抱在懷裡時，露出很不耐煩的表情。我問寧姊喜歡什麼音樂，她回答說是椎名林檎。

「寧姊，妳聽得懂日文嗎？」

「完全聽不懂。」
「既然聽不懂，憑什麼還說喜歡？」
「因為就是喜歡啊。」寧姊抱著貓，向阿華點了一杯全糖的黑糖珍珠鮮奶茶。「就像甜食一樣，不需要理由，因為喜歡，所以喜歡啊。」

這個世界上有人能夠天真爛漫地指著國王說，國王沒有穿衣服，我猜想寧姊也是其中之一。霍老師知道這個世界上有像寧姊這樣的人，否則不可能那麼深切地唱那種沒有人聽的歌。

那天晚上，我做了用箭射太陽的夢。

我是賽德克族的勇士，全身都刺滿了部族的刺青。夢中的紅色天空中擠了十個太陽，所以山野都燒焦了，天空中飛翔的鳥也變成了火球，農作物也會突然燃燒，人類都像野狗一樣吐出舌頭喘氣。天上的那些太陽都得意地笑了起來。

我單槍匹馬去消滅太陽。我手拿弓，背上背著裝滿箭的箭壺。走過烈火熊熊的原野，翻越山嶺，越過好幾條因為酷熱而沸騰的溪流。肚子餓了，就從河裡撈起煮熟的魚果腹，即使用獸皮做的鞋子燒起來也毫不在意。我長途跋涉，爬上堆滿石頭和骷髏頭的不毛之山，沿途一直聽到鼓聲，和唱著太陽、月亮和鹿的心臟的饒舌歌。終於來到山頂後，我在手心吐了口水，把箭搭在弓上，瞄準了太陽。那些太陽完全不知道接下來會遭遇天大的災難，仍然笑得很開心——也許這一切都是之後，也就是我長大成人之後捏造出來的記憶。因為在原住民的傳說中，有完全相同的故事。

總之，我冷酷地射落一個又一個太陽，太陽的慘叫響徹天空。幹！別開玩笑！我充耳不聞，繼續射箭。箭射中了太陽的眼睛，削掉了太陽的鼻子。當只剩下兩個時，我頻頻失手，無法造成太陽的致命傷。這時，受了傷的太陽在天空中逃走，大叫著：「我不要再當太陽了，誰想當啊，我從今天開始當月亮。」然後就變成了月亮。

我調整心情，把箭對準了最後一個太陽。

「你就等著受死吧。」

太陽冒著冷汗，渾身發抖，苦苦哀求說：「勇士大人，請你饒我一命。如果沒有我，這個世界就會變得一片漆黑。」

聽到太陽這麼一說，我覺得很有道理。

如果現在殺了最後一個太陽，就會衍生很多問題。向日葵不知道該對著哪一個方向，公雞也不知道該什麼時候啼叫，燒餅油條恐怕也吃不到了。

於是，我決定放過最後一個太陽，好好警告了太陽一番之後，得意洋洋地下了山。因為消滅了九個太陽，所以風變涼了，鳥兒也都歡快地啼叫，魚兒的銀鱗在潺潺流水中閃閃發亮。因為心情太好，我忍不住哼著〈骨詩〉，真的飛回了村莊。

因為曾經發生了這件事，所以我開始注意到一些以前完全不在意的事。注意觀察之後，發現霍老師整天都會在小本子上寫東西。無論在走廊上走路時，或是休息時間和高年級學生一起打籃球時，或是在停車場坐在自己的機車上時，都會突然放下一切，用原子筆在小本子上寫東西。一旦陷入這種狀態，霍老師周圍的時間就停止流動，即使局外人一個勁地催促，在他寫完之前都完全聽不到外界的聲音。因為這個原因，他曾經被籃球打中臉，把他的眼鏡都打破了。他沒有帶小本子的時候就直接寫在手上，沒有帶原子筆的時候，就好像一隻腳已經踏進棺材的老人唸經一樣唸唸有詞。那種感覺令人毛骨悚然，簡直就像是有什麼肉眼無法看到的東西擄走了霍老師的靈魂，他必須急忙寫下回到這個世界的路徑。

「他在寫歌詞啦。」阿華一臉很瞭解狀況的表情說。「就是上次那個饒舌歌手的老師，對嗎？我也有一個朋友和他一樣，我那個朋友想當小說家，不管在喝酒，還是在開車，只要一有靈感，就會把其他事全都拋在腦後。」

「是喔。」

「聽他說，這個世界上有很多故事，就像蝴蝶一樣飛來飛去。能夠抓到這些蝴蝶的人就能夠成為小說家，所以當蝴蝶飛過來時，絕對不能讓牠們逃走。蝴蝶一旦逃走，就再也不會遇到了。」

幾天之後，我在放學回家之前走進學校的廁所，聽到最裡面那間廁所發出了奇怪的動靜。

我躡手躡腳走了過去。

我聽到有人在廁所內嘀嘀咕咕自言自語，那個人當然就是霍老師。我猶豫不決，戰戰兢兢地叫了一聲，廁所內的人就像蟋蟀聽到人的腳步聲般突然安靜下來。

「我是三年甲班的景健武。」我對著廁所門說。「老師是 MC BONE 吧？」

廁所內傳來令人同情的顫抖，接著是既像是害怕，又像在裝蒜的沉默。有那麼一下子，我搞不清楚老師是不希望別人知道他是饒舌歌手，還是想要隱瞞自己在學校的廁所拉屎。因為當饒舌歌手並不是丟臉的事，所以八成是後者。「比拉屎拉在褲子上好太多了啦。」等了一會兒，為了讓老師安心，我又補充說：

「我上次去漢中街的舞廳時看到了老師，用饒舌歌曲在唱太陽、月亮和鹿的心臟，我大致可以理解太陽和月亮，但鹿的心臟是什麼意思？」

我覺得沉默越來越深。

我屏住呼吸等待，廁所內終於傳出死心斷念的聲音。

「你怎麼可以去那種地方？」

「我是去幫大人跑腿，我們家在西門町開了一家小餐館。」

「是喔。」短暫的沉默後，老師繼續說了下去。「鹿的心臟只是一種象徵，水牛的血或是其他東西也可以，只要是對賽德克族有意義，對日本人沒有意義的東西都可以。」
雖然老師根本看不到我，但我還是點了點頭。
「以前，日本人來到賽德克族的村莊，那是第二次世界大戰之前，日本人和賽德克族的人結婚，想要馴服我們。我們的祖先在婚禮上把日本人奉為上賓，拿出最珍貴的鹿心請他們吃，但日本人說，怎麼可能吃那麼髒的東西，侮辱了賽德克族。」
「你是在說那首歌嗎？」
「現實也差不多就是這樣。」
「那個受到侮辱的人就是莫那魯道嗎？」
「是他的兒子受到侮辱，所以他兒子打了日本人。莫那魯道是個通情達理的人，所以擔心會有後患，這部分有幾種說法，一是認為會遭到日本人的報復，莫那魯道就為了兒子低頭道歉，沒想到他遭到毆打，於是他兒子火冒三丈，殺了日本人！」
「我懂了！霧社事件就是莫那魯道擔心遭到報復，所以先下手為強，殺了日本人。」

「雖然不是這麼簡單，但差不多啦。」

「老師，你經常在小本子上寫的是歌詞嗎？」

霍老師沒有回答，我閒著無聊，就現學現賣地重複了阿華之前說的話。這個世界上有很多故事，就像蝴蝶一樣飛來飛去。這時，我聽到一陣皮帶的嘎答嘎答聲，然後是匆匆沖水的聲音。廁所的門猛然打開，霍老師叉腿站在那裡。因為太突然，我差一點跌倒。

「景健武，借筆給我！」霍老師狠狠瞪著我，我嚇得屁滾尿流，以為他要揍我，慌忙從書包裡拿出原子筆，戰戰兢兢地遞給打著響指催促的老師。

「借我！」

老師一把搶過筆，沒有道謝，就拚命在自己手上寫了起來。

我傻站在那裡片刻，然後轉身離開正在認真抓蝴蝶的霍老師，悄悄走出廁所。高年級學生在被夕陽染紅的操場上打籃球，也有學生繞著操場跑步。我無力地沿著走廊走向校門口，覺得自己見識到藝術家的本質。那些人為了抓住靈感，可以大完便，連手也不洗，就向別人借原子筆。

其實我是從這個時候開始，經常和霍老師聊天。當我問他為什麼會當饒舌歌手時，聽到的竟然是因為他不會玩樂器這種超無聊的回答。

「我從小就很不引人注目，比起和同學在外面玩，我更喜歡在家裡看書。不久之後，就開始思考自己到底從哪裡來，又要去哪裡這個問題，於是我就開始讀我們部族的歷史。比方說，我在課堂上也提過的霧社事件，把霧社事件視為原住民的抗日運動並不正確。日本人的確壓迫我們，但那起事件的根源是更單純的事。因為我們遭到了侮辱，所以就採取報復行動，就只是這樣而已。」

「你喜歡哪些饒舌歌手？」

老師不加思索地說了好幾個名字，但我對饒舌歌曲完全沒有興趣，他剛說完，我就已經忘了。

老師的夢想是所有音樂人的夢想，沒錯，就是在主流樂壇出ＣＤ。老師說，強烈地想要表達某些東西的想法就像是一種詛咒。

「這種詛咒永遠無法擺脫，但可以稍微緩和疼痛。當能夠和他人分享自己所表達的東西時，黑色的詛咒就可以變成白色的詛咒。」

所以，即使他去許多歌舞廳、Live House 面試，或是參加電視上發掘藝人節目的甄選都名落孫山，他都從正面看待，認為這是身為表現者必須付出的代價。

「我們並不是生活在樂園，所以要唱歌。」

雖然老師說的話太難懂，我根本無法理解，但我完全同意臺北不是樂園這一點。

〈骨詩〉就是霍老師 a.k.a. MC BONE 第一次用原住民語寫的歌，描寫一個想要在臉上刺青的賽德克族年輕人的饒舌歌曲。大致的內容是，雖然有智慧型手機，也會靈活運用社群網站，靠著政府提出的發展與改進原住民教育計畫，也進入了大學（臺灣教育部在一九九五年開始，對原住民地區的學校提供免費補習，致力提升原住民的基礎學力。一九九六年，為了促進原住民學生的相互理解，推動了教育優先區計畫。二〇〇一年制定了鄉土語言課程，全國的小學生在六年期間可以選修閩南語、客語和原住民語。二〇一七年，制定了原住民族語言發展法，訂定原住民語為國家語言），這個世界漸漸變得安居樂業，只要自己有心，開賓士也不是問題，只是我臉上沒有刺青。

「以前的原住民都會在臉上刻各個部族的圖騰。」老師語帶自豪地說。「雖然是野蠻的習慣，但我的體內也流著這些祖先的血液。」

某個雨後的放學時間，我在回家路上剛好遇到霍老師。老師為了配合我走路的速度，用無愧於ＭＣ骨頭名號的細瘦手臂推著機車。沿著學校圍牆種的鐵樹被雨沖洗得很乾淨，在夕陽下閃閃發亮。

「我們死了之後，會走過一座很大的橋，祖先會在橋的另一端迎接我們。如果那時候臉上沒有正確的刺青，就會被從橋上推下去。」

「你是說奈何橋嗎？」

「中國人死了之後會走奈何橋，日本人會走過架在三途川上的橋，但我們走的是另外的橋。」滿滿的夕陽照在老師抬起的臉上。「你看，那就是我們的橋！」

霍老師想要讓我看到架在霧靄被沖刷乾淨後，在清澈如鏡的晚霞天空中的巨大彩虹。

有同學基於和我不同的目的，也就是基於完全相反的目的對老師產生了興趣。

起因就是在有關原住民歷史的考試中，我的分數比陳珊珊稍微高了一點點。拿到考卷之後，她的臉漲得比她那副粉紅色眼鏡更紅，比較著自己和我的考卷，幾乎快把考卷看穿一個洞。然後她發現有一題我被打了勾，但她的勾上多了一點，代表只是半對。這是關於霧社事件的問題，因為我想起了霍老師之前說的話，所以寫了一九三〇年發生的霧社事件並不是原住民的抗日運動，而是更單純的情感問題。

「老師，這是怎麼回事？」陳珊珊衝到教桌前質問老師。「霧社事件不是原住民殺了日本人的事件嗎？為什麼景健武寫和抗日運動無關是對的，我卻只有半對？」

「妳仔細看清楚，」老師鎮定自若地指出。「妳看這裡……妳寫錯了霧社事件發生的年份，寫成一九四〇年了。」

班上的同學哄堂大笑。「那應該打叉啊。」我的同伴楊亞嵐冷冷地說，另一個好朋友史佩倫也跟著幫腔。這根本是自找麻煩嘛！

小孩子往往會因為一些微不足道的事，就好像掌握了宇宙的真理般歡天喜地，但也會因為一些微不足道的事，發自內心地希望這個墮落的世界徹底毀滅。在這件事上，陳珊珊為了向讓她在大家面前出糗的霍老師復仇，願意和惡魔打交道。

她開始在廁所塗鴉罵老師（這件事是其他女生偷偷告訴我的），因為沒有引起任何人的注意，她開始在社群網站上說老師的壞話。同時充分發揮出高材生特有的、像蛇一樣的堅持，竟然查到老師是道澤群出身這件事。

陳珊珊高高舉起手，然後毅然站了起來。「霧社事件時，道澤群不是成為日本人的爪牙，殺了很多同樣是原住民的賽德克族人嗎？」

教室內鴉雀無聲。

「老師的部族是配合、支持日本人的味方蕃。」

她的眼鏡發出可怕的光，然後假借好學之名，要求眼神閃爍的老師說明「第二次霧社事件」。

老師雖然語無倫次，但還是鄭重回應了陳珊珊的要求。我第一次知道原來「蕃」這個字代表「來自外國或外族」的意思。對喔，蕃茄的確來自外國，所以美國印第安人稱為「紅蕃」。

日本人把道澤群列為味方蕃，建立獎金制度，鼓勵親日的味方蕃出草，殺害其他起事的賽德克族。霧社事件落幕之後，道澤群攻擊了收容所，殺害了超過兩百名反抗日本人的賽德克族人。這就是第二次霧社事件，陳珊珊早就知道了，卻為了折磨霍老師故意問這個問題。

「在日本人出現之前，賽德克族內部就已經發生了衝突。」老師瘦巴巴的身體冒著汗，聽起來像是在辯解。「但我們有稱為祖訓 Gaya 的規範，所以可以避免無秩序的暴力行為，但日本人以壓倒性的火力壓制我們的規範。比方說森林，日本人想要我們的檜木，所以不斷採伐。東京明治神宮的鳥居全都使用臺灣的檜木，但是，森林是我們祖先的靈魂回來的地方，我們失去了森林，所以部族之間共有的祖訓也產生了動搖，所以才會發生那種事——」

「既然這樣，霧社事件就是抗日運動啊。不是因為日本人伐木，祖訓才會動搖嗎？」

「如果用抗日運動來總結，的確可以明確理解霧社事件，但這樣會看不清事物的本質。某件事的背後有比妳想像中更複雜的因素糾結在一起。」

「你是說部族之間多年累積的敵對感情嗎？」

「這也是一個因素。」

「但這樣就可以成為日本人的爪牙，殺害同胞嗎？」

我對這個伶牙俐齒的小賤人深惡痛絕。

「我覺得無論再怎麼解釋，還是無法改變老師身上流著叛徒的血這個事實。」

「不，妳不懂。」老師情緒激動起來，忍不住越說越快，而且像饒舌歌手一樣手舞足蹈起來。「認為道澤群是叛徒的想法並不正確。遭到侮辱就採取報復，得到善待就當朋友，這就是人性。妳只要去查一下資料就會知道，因為……沒錯，相關書籍有千書萬卷……嗯，妳沒有好好去看那些事真的很遺憾……瞭解越深，腦袋就會被狠狠敲醒！為自己的一知半解全身冒汗！」

「耶！」我忍不住鼓掌。「真厲害！」

「啊，對不起，我忍不住……」老師露出膽怯的笑容，再度轉頭看向陳珊珊。「總之，日本人對道澤群很親切，所以道澤群就和日本人當朋友。即使日本人的親切是為了操控道澤群，但對道澤群來說，親切就是親切。」

陳珊珊的嘴角露出冷笑，滿臉得意地坐了下來，似乎知道接下來老師會自取滅亡。

放學後，我看到老師在停車場戴著安全帽，又在小本子上寫什麼。我原本想和老師打招呼，但看到老師心無旁鶩、氣勢逼人的樣子，只好識相走開了。

走過老師身旁時，我伸長脖子瞄了一眼，發現老師的小本子上寫滿了張牙舞爪、黑黝黝的字。我悄悄離開，以免影響老師。走出校門時回頭看了一下，老師仍然站在原來的地方，完全沒有移動。我突然火冒三丈，內心湧起想要好好教訓陳珊珊的衝動。

就在這時，一隻黑色蝴蝶輕飄飄地從我眼前飛過。蝴蝶飛到老師那裡，好像被老師的小本子吸進去般消失不見了。我嚇了一跳，用力揉著眼睛。

一群亂舞的黑色蝴蝶圍繞著霍老師，好像是某種預兆。

陳珊珊的挑釁行為並沒有收斂，讓霍老師很傷腦筋。其中之一，就是她不知道去哪裡找到了老師在舞廳當饒舌歌手的照片，然後上傳到臉書上，附上了「我們的老師是匪類」的說明。家長看到之後都紛紛抗議，結果害老師必須長時間向校長解釋。我已經忍無可忍。

「喂，陳珊珊，妳別得寸進尺了！」

「景健武，幹麼！我說的是實話啊！」

「霍老師無論怎麼看，都不是匪類啊？」

「現在就連黑道分子，光看外表也看不出來。」

於是，班上的男生和女生分成兩派，相互叫罵。陳珊珊老是說一些莫名其妙的事，所以我忍不住動了手。她被我推了一把後跌在地上，然後趁機大哭大鬧。景健武，你幹麼！女生都罵我，男生都嘲笑陳珊珊。臭三八，這樣已經對妳很客氣了！教官衝進教室，推著我去了辦公室，命令我立正站好，狠狠教訓了我一頓。被罵了將近一個小時，教官才終於放人，霍老師在學生都已經走光的教室等我。

「你怎麼可以欺負女生呢？」

我用反抗的態度收拾東西準備回家。

「我聽說了，你是為了我和陳珊珊吵架，對不對？」

「沒有啊。」

「景健武，你覺得自由是什麼？」

我停下了正在把課本放進書包的手。

「自由就是孤獨。」老師靜靜地說了下去。「如果想要自由，就不能害怕孤獨，也不要畏懼別人無法理解自己。」

「什麼意思？」

「不知道。」

「……」

「這是剛才等你的時候想到的。」老師笑了笑，舉起小本子。「帶著孤獨上路，帶著忠實的，絕對不會背叛的孤獨上路，搞不好會在北上的高速公路上遇到想搭便車的耶穌基督——我也搞不太清楚其中的意思。不過沒關係，如果畏懼別人無法理解自己，就會哪兒都去不了。」

「但是陳珊珊明明知道，她明知故……」

「但我也因此寫了一首新歌，無論發生任何事，只要能夠帶來文字，就代表這件事具有意義。」

老師告訴我，下週有一場不怎麼重要的甄選。大人說的「不怎麼重要」，往往是很重要，所以我可以想像，那場甄選對老師很重要。

「你要唱剛才那首歌嗎？」
「如果來得及完成。」
「甄選是什麼時候？」
雖然老師說了日期，但老實說，那根本不重要。我滿腦子都想著要怎麼報復陳珊珊。憎恨偏離軌道，遠離了原本的保護，只剩下純粹的惡意，更何況老師無法去參加那場甄選。

那一天，在霍老師被車撞的那一天，老師身為 MC BONE，從一大早就心神不寧。
「就是今天。」老師在課間休息遇到我時主動對我說。「今天要甄選。」
我點了點頭。
「是安和路上的一家 Live House，如果通過甄選，就可以定期去那裡表演。」
「有錢嗎？」
「不多啦。」
「好厲害啊！那幹麼還來學校？」

「所以我下午的課要請假。」

「如果通過甄選，你就會辭職了嗎？」

老師露出有點難過的表情，雖然他說還沒有決定，但我知道大人說「還沒有決定」時，十之八九已經胸有定見。我伸出拳頭，老師也笑著伸出拳頭和我相碰。

「加油，MC BONE！」

「Thanks, Bro！」

老師用拳頭敲著自己單薄的胸口，就好像在告訴沉睡的靈魂，天已經亮了。然後，他走向老師辦公室。

我來到走廊轉角處，碰到了手裡拿著板擦的陳珊珊。她明明才剛被我弄哭，臉上卻露出曖昧的笑容。某個意義上是。雖然怎麼看都是微笑，但那絕不是在求和，因為我們完全沒有必須破冰和好的理由。一瞬間，似乎看到她背後有隻巨蛇，這意味著她很邪惡。「妳在偷聽？」所以我先下手為強：「雖然不知道妳在盤算什麼，但立刻給我忘掉！」

「蛤？」陳珊珊移開了視線。「我不知道你在說什麼。」

「妳別裝蒜了。」

我假裝要揍她，她尖叫著逃走了。

「今天別亂來，」我對著她的背影大喊。「我真的會揍妳！」

老師被車子撞了。

他一衝出校門口，就立刻被車子撞了。聽到急煞車的聲音時，我們正在下午的課堂上對抗睡魔。鑽進鼓膜的刺耳聲音讓我忍不住看向窗外，我似乎聞到了輪胎燒焦的聲音。蟬聲突然大作，熱風鑽進了滲汗的襯衫內，有一隻沒見過的鳥停在褪色的鐵樹之間，我立刻忘了聽到煞車聲這件事，專心看著那隻鳥。

就在那一刻，老師熱切的夢想在熾熱的柏油路面流著血，瀕臨死亡的邊緣。很久之後我才知道，老師騎上機車準備去參加甄選，發現後輪爆胎了。老師一看手錶，帶著悲壯的決心，戴著安全帽衝出了校門。

「這是不幸中的大幸。」阿華說。「如果他沒戴安全帽，搞不好就一命嗚呼了。」

我沒有為這件事去罵陳珊珊，因為我沒有任何證據，更何況我是在她轉去私立小學之後，才知道老師的機車爆胎這件事。即使她沒有轉學，我應該也不會採取任何行動。懊悔在內心翻騰，全身因為憤怒而發抖。但是孤獨就像蟾蜍。當疑惑、憤怒和悲傷像蝴蝶一樣飛在我周圍時，不知道哪裡冒出來的蟾蜍就會把牠們吃得精光。

霍老師住院期間，來了一位新的老師為我們上鄉土教育課。那是一位女老師，並不是原住民，而是如假包換的哈日族，女生立刻都愛上了新老師。但新老師從頭到尾都沒有教過我們原住民的文化，只是讓我們用手打著拍子，好像五歲小孩子一樣唱原住民的歌。

接下來很長一段時間，我都沒有見到霍老師。說白了，我根本沒有想起他。我還是小學生，世界充滿了各種色彩，接二連三地塗滿我的生活。如果之後沒有任何事，這件事應該就此畫上了句點。等我長大之後，會把小學時鄉土教育課老師的不幸當成教訓，或是添油加醋地告訴別人。

在車禍發生兩年後的某一天，霍老師突然晃進紋身街，那是在我小學五年級的時候。

霍老師一進店裡，我馬上認出他，但只有瘦得皮包骨這一點，還能夠看到以前的影子。老師戴著大聯盟的棒球帽，穿著鬆垮垮的牛仔褲，和鬆垮垮的T恤，兩隻手臂都刺滿了刺青。他一走進店裡，就坐在角落的桌子開始喝啤酒。他察覺我的視線後瞇起了眼睛，我不知所措地正想開口和他打招呼，老師搶先開了口。

「看什麼看，王八蛋！」

我慌忙移開了視線。

老師用鼻子發出冷笑聲，小口喝著啤酒。他可能認不得我了。因為我在兩年期間長高了不少。我希望是這樣。老師一臉痛苦地喝著啤酒，結完帳之後，消失在昏暗的紋身街。

那天晚上，肯尼走進小餐館吃晚餐時，我向他打聽，得知這個骨瘦如柴的嘻哈迷是豬小弟的客人。聽說他還要刺在臉上。爸爸聽到肯尼這麼說，搖頭嘆著氣說，那種人會被刺青吃掉。

等到店裡沒什麼客人後，我走去豬小弟的工坊。豬小弟不在，他的弟弟癱在沙發上，雙腳伸在沙發腳凳上，正在看韓劇。

「我哥帶客人出去了。」

「那個客人是不是很瘦，看起來像饒舌歌手？」

「你怎麼知道？」

「他以前是我的老師。」

喜喜不感興趣地點了點頭，把視線移回電視上。我在店裡晃來晃去，打量著貼滿牆壁的刺青圖案，然後喝了開飲機的水。

「那傢伙散發出讓人不舒服的氣場。」喜喜看著拿著槍掃射的韓國人嘀咕著。「所以我哥說要把他介紹給鮑魚。」

「小混混鮑魚嗎？」我咄咄逼人地問：「為什麼要做這種事？」

「因為鮑魚就是靠別人的不幸吃飯。」

「聽不懂是什麼意思。」

「也不能全怪鮑魚啊，俗語說蒼蠅不叮無縫的蛋。」

「……」

「既然都會有人不幸，讓主動想要尋找不幸的人不幸，不是比較好嗎？」

五十英吋的電視螢幕上出現了幾乎把整個螢幕都要炸掉的大爆炸，喜喜嘻皮笑臉，我很生氣，沒打一聲招呼就走了出去。喜喜吊兒郎當地看著韓國人殺來殺去。

鮑魚這個傢伙，沒事的時候整天遇到他，真的想要找他時，卻連個影子都看不到。我一直期待在路上巧遇鮑魚，結果半年過去了，一年過去了，關於老師的記憶再度慢慢蒙上了厚實的灰塵。

下一次看到老師，是我升上中學，已經十三歲的那一年。我像往常一樣去幫爸爸買早報時，看到老師的彩色照片印在頭版。我站在街角，目不轉睛地看了那篇報導。報導中寫著嫌犯霍明道涉嫌攻擊女中學生。

霍老師在捷運上突然情緒失控，痛毆受害的女中學生。因為女學生未成年，所以報導中沒有提她的名字，但立刻有人在小學同學的 LINE 群組內說，那個女學生就是陳珊珊。報紙上的陳珊珊已經沒戴那副很土的粉紅色眼鏡，頭髮留長了，稍微變得漂亮了些。被人群抓住的霍老師一臉憤恨，揮動著刺滿五顏六色刺青的手臂。

我完全不知道該怎麼看這件事。雖然我很想問阿華許多問題，但阿華不久之前留下一句：「我存夠了錢，要離開了。」然後就扛著嶄新的腳踏車去南美了。

我用智慧型手機查了霍老師的事。用「霍明道」這三個字查到的都是有關事件的內容，用「MC BONE」只查到他很久以前的夢想。不久之後，我就不再查老師的事。我不知道霍老師什麼時候出獄，也不知道他目前在幹什麼，搞不好他早就走過彩虹橋去找他的祖先了。

但是，有時候還是會聽到遠方傳來的歌聲。

帶著孤獨上路，
帶著忠實的，
絕對不會背叛的孤獨上路，
搞不好會在北上的高速公路上，
遇到想搭便車的
耶穌基督。

沒有譜曲的詩，沒有配上節奏的文字，美美地刺在部族骨頭上的孤獨，那是在放學後空無一人的教室內，只為我吟唱的溫柔詩句。我和老師之間的回憶漸漸變成了寂寞的廢墟，在這些回憶中，只有這首詩好像蓋上了白色的床單，前仆後繼的遺忘無法靠近。我推倒陳珊珊，在教職員室被教官罵了一頓的那一天，當我發現像我這種人也可以成為別人的蝴蝶，不禁大驚失色。我一路跑回家，衝到阿華的攤位，一五一十地告訴了他。老師說，無論發生任何事，只要能夠帶來文字，就代表這件事具有意義。

「是喔。」正在為客人做珍珠奶茶的阿華瞥了我一眼說：「這個老師還挺有趣的嘛。」

縱身而跳

接下來要說的是一個叫雷奧的人的故事。聽說他的本名叫王立，但我從沒見過這個人，其實我甚至和他根本扯不上任何關係。

至於我為什麼要說一個毫不相干的人的故事，是因為雷奧所經歷的事太令人印象深刻，而且總覺得讓我們從中學到了很重要的事。

大人從小就教我們，精誠所至，金石為開，只要真心祈求，任何心願都可以實現，但通常最後的結果往往和原本的心願相差了十萬八千里。

雷奧也不例外。他當然也會走衰運，而且和我們每個人一樣，被衰運打趴在地，但雷奧不屈不撓地對抗命運，連滾帶爬地重新站了起來，最後無限靠近了原本的目標。沒錯，比我認識的所有大人都厲害。

暑假剛開始的一個炎熱的日子，我從刺青師肯尼的口中得知了雷奧的故事。晌午陽光最毒辣時，我人在阿華的珍珠奶茶攤位上打混。我家的小餐館剛好沒客人，爸爸撩起背心，霸占了電風扇，我無處可去，只好跑去阿華的珍珠奶茶攤位前摸魚。我媽在小餐館角落看報紙。

「酷暑」這兩個字已經不足以形容這一年夏天的炎熱程度，連續多日直逼四十度的高溫。中華路上來往的車輛都駛入了海市蜃樓，柏油路面上冒出的熱氣讓空氣也燒了起來。只要一呼吸，肺也跟著燒起來。鳥兒都懶得拍翅飛翔，搖搖晃晃地落在大馬路上，結果被經過的車子碾死了。

像往常一樣，這一天，紋身街的刺青師剛好在同一個時間沒有客人，又剛好在同一個時間感到口渴，而且還剛好在同一個時間想到了珍珠奶茶。當大家滿身大汗地聚在阿華的攤位前時，肯尼那傢伙心血來潮地說，想開一家除刺青的診所。

「早知今日，何必當初……雖然說這種話很簡單，」寧姊喝著全糖茉莉奶茶，嘆著氣說。「但有些事情，真的必須試了之後才知道。」

「我就是這個意思！」肯尼啪噠一聲，打了一個響指。「雖然大家跑來刺青之前沒有想太多，一旦刺在身上，就沒那麼容易去除。所以我覺得紋身街以後除了為客人刺青以外，還必須考慮除刺青這件事。大家集資開一家除刺青的診所，絕對可以賺錢。」

在到處都是刺青店的街上開小餐館，自然就會很清楚這方面的事。我很熟悉刺青和除刺青的方法。

除刺青有幾種方法。第一種方法，就是用手術刮除刺青。把刺青的部位刮除後，再把剩下的皮膚縫合起來。傷口會在半年左右癒合，如果刺青的圖案很大，無法一次刮除，就必須經過多次手術才能徹底清除。不用說，這種方法當然會流血，而且也會一輩子留下醜陋的疤痕。

除此以外，還聽過切除刺青後，移植大腿或是其他部位皮膚的方法。這種方法當然也會流血，而且會有兩個部位流血。想一次就快速除刺青的人，可能會考慮採用這種方法，但曾經發誓親眼目睹過的肯尼說，有些人移植的皮膚無法在受皮上順利生長，結果整片都爛掉了。

雷射除刺青？嗯，這也是一種方法，但雷射無法去除彩色的刺青。因為雷射只對黑色產生反應，當雷射光打在黑色的刺青上，就會燒灼那個部分，變成蟹足腫的狀態。阿華說，就像是嚴重燒傷留下的痕跡。在重複多次後，刺青就會越來越淡。

「小武，但是你知道嗎？」豬小弟故意皺著眉頭嚇唬我。「打雷射超級痛。」

「雷射不是很貴嗎？」別把我當小孩！所以故意裝出一副早就知道的態度。

「而且有些人打雷射沒什麼效果。」

「刺青就像結婚，」阿華不是刺青師，他根本什麼也不是，卻總是一副什麼都懂的樣子。「除刺青比刺青難多了，刺青和結婚唯一的不同，就是不會把你的豬腦袋遺傳給下一代。」

「所以呢？」肯尼用充滿期待的眼神巡視所有人。「你們覺得怎麼樣？」

「豬頭才會想出這種餿主意。」寧姊目中無人地說。「手術除刺青需要醫師執照，開診所雖然說起來容易，你知道要花多少錢？」

「要花多少錢？」

「我怎麼可能知道！比起錢的事，這種行為等於在承認自己的作品根本是狗屁。因為你根本沒有用靈魂為客人刺青，所以才會說別人輕易去除也無所謂這種話。」

「妳別對我說教，」肯尼怒不可遏。「無論我再怎麼用靈魂刺青，還是會有人想要去除掉。」

「我的客人不會。」寧姊喝完了茉莉奶茶，把空杯子丟進了掛在攤位上的垃圾袋裡。「假設真的有這種客人，既然他們要去除我的靈魂，我就要他們付出相應的代價，才不會讓他們在這種地方輕鬆地除刺青。」

肯尼瞇眼看著寧姊，寧姊也沒有將視線移開。

汗水順著臉頰流了下來，午後的豔陽灼燒著脖頸，簡直就像是西部電影。氣氛越來越緊張，我以為他們會像平時一樣吵起來。

但他們並沒有吵架。這天對吵架來說實在太炎熱了。兩人都只是用嘆氣來否定對方。

肯尼覺得無奈，就在那天說了一個用離奇方式去除刺青的男人傳奇的故事。

他是我從小認識的朋友，我從小就是胖子，但他是瘦得皮包骨的瘦皮猴——肯尼就這樣突然吹起了牛皮。

瘦皮猴雷奧的父親是個酒鬼。一旦開喝，就像個無底洞。當夜越來越深，酒友都已經醉眼朦朧，說差不多該結束時，他才發揮出喝酒的本領。好，那最後再喝兩瓶！雷奧的父親大聲吆喝著，不讓已經想回家舒服躺平的酒友離開。再喝兩瓶啤酒就解散。

醉鬼的「只喝兩瓶」通常不可能真的只喝兩瓶，雷奧的父親當然也不例外。喝完兩瓶又兩瓶，然後再叫兩瓶，接著又來兩瓶，發誓「這絕對是最後一次」後又點了兩瓶，最後說什麼：「都已經喝這麼多了，就不用再計較，乾脆豁出去了」，然後又弄來兩瓶，所以大家都叫他「王兩瓶」。

喝啤酒很容易跑廁所，這是古今中外永遠不變的真理，王兩瓶也喝一杯就跑廁所，喝完第二杯又跑廁所，所以雷奧的母親總是仰頭大罵老公：「反正喝再多，最後也是尿進馬桶，不如直接把啤酒倒進馬桶，大家都輕鬆！」

他那種喝酒的方式，似乎覺得酒瓶空了，內心的煩惱也會一掃而空。

但其實王兩瓶絕對不是不學無術的飯桶，而是既有信念，也有點本事的編輯。出版了許多一九八〇年代日本暢銷作家的書，賺了不少錢，在一九九六年總統大選時毅然辭去了大出版社的工作，和幾個志同道合的朋友一起開了一家小出版社。

這家出版社主要出版歐美的詩和小說，把許多在自己國家也鮮為人知的詩人和作家的作品引進臺灣，但既然那些作家在自己國家也鮮為人知，當然不可能在臺灣大賣賺錢。之前一起奮鬥的合作夥伴都一個一個離開，進入二十一世紀時，終於只剩下王兩瓶一個人單打獨鬥。但他仍然堅持不懈，繼續出版出一本，賠一本，只是增加債務的書籍，就連他自己也不知道到底在出書，還是在製造負債。

支持王兩瓶的當然就是他的患難妻子。在英國出生，之後前往美國的詩人奧登則是他的精神支柱。

不可失去危機感，
即使看似平坦，
但道路險峻無比，
看再久也無妨，但你必須縱身而跳。

「到底是什麼意思？既然看再久也無妨，不就代表沒那麼危險嗎？」

我忍不住插嘴問，阿華啪地打了我的頭。

「大人說話，小孩別插嘴。」然後沒什麼自信地巡視其他人。「我覺得，應該是……該衝的時候就要衝的意思。」

豬小弟點了點頭，寧姊聳聳肩，肯尼滿頭大汗地繼續說了下去。

王兩瓶一旦專注某件事，就會看不到周圍的一切。當他叼著菸校對稿子時，就會像天女散花一樣把看完的稿子隨手亂丟，亂丟的稿紙就像是開了許多白花。不管太太罵了幾次，他仍然死不悔改，當朋友為這件事調侃他時，他反而覺得有趣，為住家取了「花文居」的雅號。因為花除了花朵的意思之外，還有花言巧語、花花綠綠、花費的意思。

「我無意把自己的價值觀強加在你頭上。」王兩瓶對兒子說。「即使你中學畢業，一輩子都幫別人打工，其中或許有我難以體會的歡喜和幸福。」

雷奧點了點頭。

「但是，兒子啊，你必須記住一件事，如果在該跳的時候不跳，這種人的歡喜和幸福是假的。」

父親的這番話在雷奧的內心深深扎了根，他在中學開始抽菸，在高二第一次刺青時——和肯尼一起在小腿肚上刺了有吉祥意涵的小蝙蝠——高中畢業後決定去當演員時，他都認為那是自己該縱身而跳的時候，然後勇敢推開了人生的大門。

王兩瓶每次都嘆氣搖頭說：

「你根本搞不清楚，這不叫縱身而跳。」

雷奧難以理解。因為他覺得無論抽菸、刺青和當演員，都是他賭上整個人生的跳躍。父親曾經告訴兒子，奧登是同性戀，也反抗法西斯主義，但他說的「縱身而跳」，並不是慫恿腦筋不清楚的十幾歲小鬼學壞。我不懂啦，雷奧逞強說。我已經說得淺顯易懂了，父親說。「他在那個時代是同性戀哦。」王兩瓶語氣認真地說。「同性戀者為了爭取生存之地，當時的辛苦是現在無法比的。換言之，」父親接著說。「奧登的縱身而跳是為了生存而跳，為了飛過不自由的那條線而縱身飛躍。」

「他會去刺青，也許就是對他父親的反彈。」肯尼說。「否則就是崇拜美國，就像你我一樣。」

「蛤?崇拜美國的意思是——」

「妳別說了。」阿華制止了翻著白眼的寧姊。「妳的缺點就是會這樣不分青紅皂白地否定別人。」

寧姊瞪了阿華一眼，大聲地咂著嘴，但並沒有轉身離開。

「想要當刺青師，不是都先要在自己身上練習嗎？」肯尼炫耀似地張開滿是刺青的雙臂。「雷奧主動說要當我的白老鼠，讓我在他身上練習，我當然拒絕了，因為我不希望好朋友的身體被我的塗鴉毀了。沒想到他對我說：『現在是你縱身而跳的時候，也同時是我縱身而跳的時候。』」

但肯尼還是手下留情，沒有在好朋友的手臂和腿上刺青，而是在別人看不到的軀幹部分，刺了幾個很有自信的作品——可怕的骷髏頭和齜牙咧嘴的毒蛇。

在紋身街討生活的人都知道，在這個社會上，刺青就像是在宣告自己是黑社會的人，黑社會的人有一種好像看透人生黑暗面的魅力。所以雷奧雖然是個瘦皮猴，因為身上的刺青散發出無言的殺氣，所以在當兵時完全沒有被人欺負。這就像狐假虎威一樣，雷奧也假借了刺青的威風。

你們應該懂吧？肯尼徵求大家的同意。

「你為什麼想當刺青師？」寧姊問肯尼。

「說不清楚。」肯尼低頭看著去冰的奶茶。「但我認為應該受到小時候看了芥川龍之介的《地獄變》的影響。」

「是怎樣的故事？」阿華問。

寧姊簡短地回答說：「是說有一個畫師，眼睜睜地看著自己的女兒被活活燒死的故事。」

「啊？」我嚇得差點跌倒。「那個畫師為什麼要做這種事？」

「為了畫地獄的畫啊。」

我驚訝得說不出話。竟然有父親為了畫畫，燒死自己的親生女兒？

我的眼前出現一個被熊熊大火包圍的漂亮女生，她穿了一件火紅的紅色和服，然後整個人燒了起來。火焰慢慢燒向她一頭黑色長髮，火焰捲起的風掀起了她壯麗的和服。瘋狂的畫師雙眼通紅地注視著滿身是火的女兒，揮筆素描。

「藝術建立在瘋狂的基礎上。」我深受打擊，茫然若失地站在那裡，阿華用力摸著我的頭。「所以我們無法理解也很正常。」

「但是！」我好像大夢初醒般叫了起來。「肯尼是因為看了那本書，才想當刺青師，不是嗎？」

「我很怕自己也會變成那樣，也很怕無法達到那個境界。」肯尼說。

「你在說什麼啊？那個人燒死了自己的女兒！」

「雖然點火的是資助作畫的大公。」

「還不是一樣！面對霸凌忍氣吞聲，和霸凌沒什麼兩樣！」

「但是，要怎麼說……反正就覺得那才是真本事。」

「你腦筋有問題嗎？」

「我原本以為你只是生意人，」令人驚訝的是，寧姊看肯尼的眼神竟然很溫柔。「然後呢？那個叫雷奧的人怎麼樣了？」

肯尼眨著眼睛，繼續說了下去。

我根本無心聽他說，那個被幾個瘋狂的傢伙點火燒死的可憐女生，一直在我的腦海中揮之不去。

抬頭一看，發現我爸爸像狗一樣伸著舌頭，在馬路對面的我家小餐館內吹電風扇。我很慶幸我爸爸不是藝術家，雖然他稍不順心就會揍我，但至少不會用火燒我。

長大之後，我也經常想起這一刻的事。就像埋在泥土中的屍骸，芥川龍之介受到詛咒的小說在我體內分解，被我九歲的幼小心靈吸收，之後就一直如影隨形地糾纏著藝術這兩個字和概念。

我也因為這個關係，漏聽了一小段肯尼說的故事。但這並沒有什麼大問題，大人說話都這樣，即使稍微漏聽一些，也對整體沒有太大的影響。

至於雷奧之後的情況，反正當我回過神時，他已經陷入了天雷勾動地火的戀愛。

瘦皮猴雷奧服完兵役後進入了劇團，遇到了未來想要共度一生的女人。

那個女人雖然個子嬌小，但一雙水汪汪的大眼睛總是充滿好奇，綽約多姿的身體洋溢著對生命的熱情。人生所有的一切都有意義，她的人生就是充分探究和體會這些意義。雖然她在舞臺劇中都演一些小角色，但她在雷奧眼中，比任何人更加光芒四射。

「即使這樣，仍然只能走這條路。這和才華無關，因為我喜歡戲劇，重要的是我要不要走這條路。」

她斬釘截鐵地說的這番話，完全就是奧登的詩的寫照。

「我喜歡你的刺青。」她用指尖撫摸著刻在雷奧身上的骷髏頭。「我覺得刺青證明了很多事。」

雷奧完全理解她想要表達的意思，雖然一旦說出來，就變成了陳腔濫調，那是每個人隱藏在內心的憤怒、悲傷和嚮往的混合體。要不要走這條路？要不要縱身而跳？無論詩還是刺青，或是至今為止的人生，都是為了和她相遇而存在。和她在一起，就像天體的運行和潮汐般理所當然，同時也是超越人類智慧的偉大奇蹟。

這對情人一點一滴累積時間和感情，在前方只看到兩個人的未來時，雷奧帶她回家見了父母。雷奧的父母很喜歡她（他的父母怎麼可能不喜歡她！），她也很喜歡他的父母。他們聊得很投機，笑聲不斷，黑夜在充滿關愛的眼神守護下越來越深。

之後，她三不五時去雷奧家，即使雷奧不在家，她也向他的母親學下廚，聽他父親暢談文學時也完全沒有皺一下眉頭，然後三個人一起溫暖地迎接雷奧回家。

雷奧幸福地瞇起雙眼。他的前途充滿玫瑰色。人生太美好，完全沒有想到竟然有人會欺騙自己，更沒有想到騙子就在自己身邊。

世界末日突如其來，毫無預警地出現在他面前。

四月的某一天之後，他完全無法聯絡到女友。即使打她的手機，她的手機也始終關機，傳了很多簡訊也都石沉大海。問了劇團的同事，仍然問不出任何頭緒。他悶悶不樂地過了三天，終於迫不及待地騎上機車，直奔她在永和的租屋處。

房東一家正在吃晚餐，從門口就可以看到他們一家人圍在桌前，還聞到了煎魚的味道。「她搬走了啊。」一個中年女人走出來告訴他。

「什麼時候？」雷奧激動地問。「她什麼時候搬走的。」

「應該已經有兩、三個星期了。」

房東的兒子原本趴在桌前扒飯，聽到房東說這句話，大聲地說：「她說要搬去和男朋友一起住！」雷奧茫然不知所措地站在那裡，房東似乎覺得他很可憐，一臉歉意地說：「你要不要一起吃飯？」雷奧轉身離開了。

「菩薩都會看在眼裡！」房東在他背後大聲地說：「壞事已經發生了，接下來就都是好事了！」

房東的安慰真的只是安慰而已。這個世界上有太多比女友被別的男人搶走更糟的事，比方說，那個姦夫竟然是自己的父親。

他因為失戀的打擊喝了三天三夜的酒，回到家之後，因為深受打擊而狼狽不堪的母親告訴他：

「你爸爸，那個老不羞說要和你帶回來的那個賤貨重新展開新的人生。」

「天底下有自己的女朋友被自己的爸爸拐走這種事嗎？」肯尼搖了搖頭。

「這到底是什麼樣的世界！雷奧真是太可憐了，他哭著說，根本搞不清楚是怎麼回事。」

我以為阿華又會說什麼不合時宜的狗屁真理，但等了老半天，阿華只是小聲地說了聲：「幹！」

因為這個原因，雷奧開始發胖。

他得了暴食症。無論吃再多，也無法填飽他的肚子和內心的空虛，原本只有六十公斤的體重，在短短一年之內就超過了一百公斤，第二年達到一百三十公斤，第三年突破了一百五十公斤，不斷累積非但身體不需要、而且還危害健康的脂肪。

他每天一大早就吃披薩和漢堡，配兩公升的可樂一起吞進肚子；中午把炸雞和豬腳便當吃得一口不剩，下午的點心時間則是拿出從好市多搬回來正常人十個人也吃不完的洋芋片和香腸，然後像電玩遊戲的小精靈一樣吃得滿地都是。他獨自坐在昏暗的客廳，緊緊抱著五公斤裝的冰淇淋，眼神空洞地一匙一匙慢慢送進嘴裡。從早到晚，沒有時候嘴巴是空的。晚餐又吞下好幾塊牛排，大口喝啤酒。吃宵夜又是另一個胃，他常常請母親去買鹹酥雞和胡椒餅。因為他母親太常去向攤販購買，而且每次買的份量都很驚人，最後甚至有攤販乾脆把攤位移到他家門口。

他一個人當然不可能有辦法過這樣的生活，當然是他的母親忙裡忙外地照顧他這個兒子。

雷奧的母親不知道如何填補被丈夫拋棄的空虛，她藉由對兒子言聽計從，勉強保持心理平衡，也藉此向世界復仇。說到底，她的世界隨著丈夫的離家出走而崩潰，也吹散了形成她這個人的一切。她必須努力在埋在瓦礫堆中的老舊價值觀基礎上建立新的秩序，最後她採取了溺愛獨生子這種方式。

雷奧的胃是無底洞，他的肥胖也沒有底限。雖然吃東西的時候能夠暫時忘記自殺這兩個字，但越吃就越接近死亡。

因為身上的皮膚越繃越緊，原本刺在肚子上的骷髏頭刺青看起來像貓熊，毒蛇變成了一條細長形的繩子，但刺在左胸口的奧登的詩幾乎沒有變形，好像邪惡的詛咒般糾纏著他。

Leap Before You Look。

每次在鏡子中看到這句話，內心就燃起藍色的火焰，想要燒死那個自己死也不願承認是父親的那個男人。因為這個原因，雷奧幾乎不再洗澡（他早就已經不再刷牙）。但是不必擔心，即使他不洗澡，他的母親也會喜孜孜地為他擦拭龐大的身軀。

肯尼從別人口中得知了雷奧的慘狀，基於多管閒事的責任心上門去找他。肯尼在內心深處覺得只有自己才能拯救雷奧。

「雷奧，雖然我不知道該說什麼，但這樣下去絕對不行。」

雷奧只是用一雙惺忪睡眼看著他，並沒有停下抓起大把炸洋蔥圈往嘴裡塞的手。

「我說兄弟啊，」肯尼把手搭在好友被汗水濕透的肩上。「要不要再幫你刺青？你吃上了癮，雖然我覺得情有可原，但你這樣會把自己吃死，既然要上癮，不如對刺青上癮。」

雷奧咬著洋蔥圈，把油膩膩的手擦在沙發上，然後費力地把頭轉了過來。

「幹！都是你！都是因為你幫我刺青，我的人生才會變成這副德性。」

「雷奧，話可不能這麼說，」肯尼感到困惑不已。「當年你自己說要當我的白老鼠，我還制止你。」

「你是真心制止嗎？你的臉上明明寫著，既然是朋友，應該願意為我做這種事。不管是你，還是那個賤女人，還有我那個死老爸都一樣，每個人都有一大堆毀滅他人的狗屁道理。」

肯尼住了嘴。

「在看之前縱身而跳？」雷奧冷笑著，肚子不停地抖動，食物碎屑不停地掉落下來。「哼！這句話還真好用啊。一旦真的跳了，掉下去要自己負責，如果成功了，就是煽風點火的人的功勞，而且連你背叛別人的時候，這句狗屁道理還可以派上用場！」

為了活下去的縱身而跳，想當然耳必須踩著哪個人當墊腳石才行。生活在這個網路的社會，這種吃飽就睡，睡飽就吃的人生也會有轉機。

在開懷大吃，把肚子撐得半死之後，睡意來襲之前的短暫空檔，雷奧的腦袋有時候會很清楚。究竟該如何向王兩瓶復仇呢？雷奧想破了。在身體像氣球一樣爆掉之前，該如何才能讓女人知道自己錯了？在拉上窗簾的黑暗房間內，他的龐大身軀癱在沙發（沙發的彈簧已經被壓到極限，每次移動身體，就會發出刺耳的聲音）上，瞪著掉滿食物屑的茶几，抓起了智慧型手機，看一眼低頭坐在餐桌旁的母親；轉成靜音的電視螢幕的光，在牆壁上投射出冰冷的色彩。他舌頭舔了好幾次嘴脣，然後打開那個賤女人的ＩＧ。

用手機滑著她去的地方、做的菜、街角的貓，和感傷的黃昏照，最後看到了她和王兩瓶在一片雪景中的合影。他們似乎去北海道滑雪。一片銀白的世界中，照射在白雪之下的她抱著王兩瓶的手臂。王兩瓶戴著護目鏡，毫無煩憂地笑著。

雷奧收起手機，思考了很久。要繼續過被幸福的青鳥屎砸頭的人生嗎？然後用了好幾次力，才終於從沙發上站了起來。

「要去廁所嗎？」

他的母親問他。因為除此以外，雷奧幾乎不會離開沙發。現在沙發周圍就是他的全宇宙。不僅起居都在那裡，連小便都直接尿在保特瓶裡。

「要擦屁股時叫我一聲。」

雷奧沒有走去廁所，而是走進了廚房。

「雷奧，你肚子餓了嗎？」

身後傳來母親的聲音，他從刀架中抽出菜刀，目不轉睛地盯著看了片刻，用力揮了幾下，然後搖搖晃晃走向門口。

「你帶這種東西出門幹麼？」母親慌忙追了上來。「你該不會、該不會、該不會……」

雷奧轉過頭，發現寫在母親臉上的不是恐懼，而是期待。母親雙眼發亮，似乎在說，你終於醒悟了。她不僅為兒子開了門，還遞給兒子一個紙袋，讓他把刀子藏起來，甚至還為他拿了拖鞋放在門口。

雷奧緩緩走下樓梯，從三樓走到二樓，終於來到一樓時，已經喘不過氣，而且頭昏眼花，連一步也走不動了。他抓住公寓的柱子，用力喘息，調整呼吸，汗水不停地從額頭滴落。等到不尋常的心跳終於慢慢平靜下來，他又費力地爬上樓梯回到家門口。等呼吸和心跳再次平靜之後，才按了門鈴。母親打開鐵門時，臉上沒有失望，只有灰心。「你回來了。」她說。「我回來了。」雷奧也對她說。

「人往往會因為微不足道的事墮落，也會因為微不足道的事重新站起來。」肯尼繼續說了下去。「據我說知，雷奧簡直就像脫胎換骨，從那一刻開始減肥。」

在那個命運的日子之後，從他的父親和女友手牽手私奔受詛咒的那天以來，已經過了五年的歲月。

即使想要殺人，現在的狀態也不行。雷奧從自己力所能及的事做起，他減少了食量，每天走樓梯，開始以前演員時代每天熱衷的發聲練習。他並不著急。他告訴自己，自己花了五年時間變這麼胖，再花五年的時間慢慢瘦下來就好。

每次想要放棄時，他就拿起菜刀，體會握在手上的感覺，眼前就會浮現滿身是血的王兩瓶和賤女人祈求饒命的畫面，於是就忍不住偷笑。他不止一次屈服於惱人的食欲，但每次都陷入自我厭惡，結果就更加嚴格減肥。

他也一邊大聲播放日本搖滾樂團 Michelle Gun Elephant 的ＣＤ，一邊練肌肉，每次練深蹲或腹肌時，流下的汗水都會積成一灘水。

前一刻還在腦海中迸跳，
看不見的滾動大聲叫喊，
跳舞的夢想血汗淋漓，
只是變得輕盈，只要縱身而跳。

雖然這是一首日文歌，他也用自己的方式翻譯了網路上查到的歌詞，仍然完全無法理解，反正事到如今「只要縱身而跳」。

他的努力沒有白費，體重緩慢而確實下降。不到一年的時間就可以獨自去附近散步，兩年之後，甚至可以稍微小跑一陣子。於是，體重下降更加明顯。響起莊嚴的鐘聲，那是宣告碌碌無為、好吃懶做生活結束的鐘聲。

在他專心減肥之際，發生了連他自己也沒有察覺的變化。老實說，到了第三年，他幾乎不是為了別人，只是為了自己，為了不再討厭自己，每天持續運動。他控制飲食，也注意清潔衛生，告別了反映邋遢生活的邋遢外表，定期去理髮店，理一個清爽的頭髮。

齒輪開始正常運轉。

雷奧的外表散發出一種走過地獄的人特有的氣勢，他只是心平氣和地說話，聲音卻能夠打動人心，讓別人心服口服。他回到劇團後不久，在一齣戰爭為主題的舞臺劇中，被拔擢為重要的配角也並不令人意外。雷奧已經具備了演員持續追求的所謂「整個人散發出的說服力」。

在看之前縱身而跳——事到如今，他已經無法不表示認同。無論再怎麼痛恨一個人，都沒必要痛恨那個人帶給自己正確的東西，而且這也可以成為自己的精神支柱。我活下來了，沒有踩著任何人當墊腳石，好好活下來了。

既然要站在舞臺上，就必須解決因為成功瘦身而垮下來的皮膚。這時，又再度吹起了順風。他的母親對他說，叫外公幫你割掉。

「他的外公是外科醫生。」阿華他們聽到肯尼這麼說，心滿意足地拍手叫好。「雷奧花了五年的時間變成胖子，又花了五年的時間瘦下來，最後在割除垮下來的皮膚時，連同刺青也一起清除得一乾二淨了。」

「清除得一乾二淨這句話有語病，」寧姊說。「即使去除了刺青，雷奧的身體還是會像科學怪人一樣到處都是修補的疤痕。」

「那有什麼關係。」阿華說。「刺青只是年輕氣盛的結果，根本沒有任何意義，但身上修補的疤痕才代表雷奧這個人啊。」

「這就是我想要表達的重點。」肯尼轉頭看著寧姊。「去除刺青並不是因為失去了靈魂，相反地，也許是因為那個人的靈魂變得更強大，所以不再需要刺青了。既然這樣，即使我們在紋身街開一家除刺青的診所，也並不是輕視靈魂。」

「你這傢伙，這是現在才想到的吧？」豬小弟嘲笑他。「肯尼，我可以打賭，你的腦袋裡只想到錢。」

肯尼露齒一笑，寧姊也忍俊不禁地笑了起來。

雖然我很想知道雷奧後來怎麼樣了，喜喜剛好走過來，說預約了四點的客人來了，所以把豬小弟叫了回去。

肯尼和寧姊也紛紛走回自己店裡。

阿華這個人明明什麼都不知道，卻具備了無論對任何事，都可以做出合情合理結論的才華。但我這時也沒辦法聽阿華做總結，因為當幾個刺青師離開後，珍珠奶茶攤位前馬上大排長龍。

而且爸爸在店裡叫我，我必須去送外賣。

幾天之後，才終於聽到後續的故事。

阿華發現肯尼在我們家的小餐館吃晚餐，就丟下攤位，走進店裡。

「喂，你上次說的事，」他在肯尼坐的桌子坐下來時問。「雷奧之後怎麼樣了。」

肯尼吃著雞腿飯，微微偏著頭。

「就是他減肥成功之後啊，」阿華咂著嘴。「他後來有沒有見到拋棄自己，跟他老爸私奔的那個女人？」

肯尼終於知道他在說什麼，他慢慢咀嚼，剔了剔牙，然後好像黑道大哥一樣探出身體說：

「你問我雷奧有沒有見到那個女人？」

他用筷子指著阿華，似乎覺得他問到了重點。「才不是見到而已，雷奧現在和那個女人住在一起。」

我和阿華都大吃一驚，目瞪口呆。媽媽插嘴問：「你們在說什麼？」肯尼就簡單說了之前的來龍去脈。即使這條街上一無所有，卻永遠都會有喜歡聽八卦的閒人。

雷奧因為演出那齣以戰爭為主題的舞臺劇，他的表演功力受到了評論家的好評。

在最後一場公演結束時，那個女人帶著鮮花去後臺找他。「恭喜你。」她努力用輕鬆的口吻說道。「謝謝。」雷奧接過了鮮花。十年來的恩仇在沉默中化解，宛如花香般在他們之前飄散。

令雷奧驚訝的是，曾經深深折磨自己多年的東西，在終於見到她之後，變成了他的助力。

看不見出口的失眠夜晚，在夢中流下的淚水，絕望和體脂肪一起累積的那段日子，至今仍然在伸手可及的地方，但同時像遠雷般在遠方變得模糊。如果說他心如止水，那就是說謊，但那不是憤怒，而是充滿懷舊的後悔。更抱著謙虛的態度，反省自己身上是否有某些讓她背叛的缺點？沒錯，傷痕雖然醜陋，但已經癒合，變成了宛如勳章般的追憶。

她帶著一個小女孩。小女孩一頭長髮，臉蛋很可愛，穿了一件白色麻質洋裝。那雙充滿好奇心的大眼睛毫無疑問得自母親的真傳。母親催促她打招呼，她戰戰兢兢，卻大膽地說出了內心的想法。

「叔叔，你好，媽媽說我是你的妹妹。」

「……」

「咦？太奇怪了，那就不能叫叔叔，不是要叫哥哥嗎？」

「小妹妹，妳好。」雷奧露出了微笑，蹲在她面前，和她的視線保持相同的高度。「妳今年幾歲？」

「我快六歲了。」

「妳不覺得我當六歲小女生的哥哥有點太老了嗎？」

「那倒是。」

「所以，那就叫我……嗯，那就叫我叔叔哥哥吧。」

「叔叔哥哥！」

女孩開心地跳著、笑著。

不久之後，王兩瓶就死了。他像往常一樣在喝啤酒，喝了兩瓶之後又纏著別人再喝兩瓶，不小心出言不遜，對方那個男人舉起啤酒瓶打在他脖頸上，就一命嗚呼了。

「真的假的！」阿華問：「所以雷奧和那個女人又復合了嗎？」

「喔喔，不要再繼續問下去了，我也是不久之前，他用 LINE 傳訊息給我，我才知道的。」

「他們結婚了嗎？」

「可能之後會結吧。」肯尼在繼續吃雞腿飯前說。「話說回來，男人和女人之間，不就是那麼一回事嗎？」

「小武，你有沒有聽到？」阿華轉頭看著我說：「這個世界真的是無奇不有！」

「這裡是臺北啊！」

大家聽了我的回答，都哄堂大笑起來。

我忍不住思考那個小女孩的事。雖然她是雷奧的妹妹，但也許不久之後就會變成他女兒。雷奧雖然是她哥哥，但可能不久之後就變成她的爸爸。

哥哥爸爸？

爸爸哥哥？

未免太複雜了，腦子都快打結了。我覺得千萬不能輕易相信詩人說的話。因為如果說雷奧為了活著縱身跳了，那王兩瓶也跳了，那個放火燒了女兒的畫師也跳了啊。

天使和冰糖

在紋身街，提到「那個女人」和「爛貨」，就是指游小波。她去阿華的攤位買茶時，阿華會叫她的名字，表現得很親熱，如果她有什麼煩惱，也會幫忙她出主意，但在背後都罵她「婊子」。

「幹！那個婊子又換了男人。」

阿華之所以這麼生氣是有原因的。不久之前，阿華被她傳染了陰蝨（這種事情的真相永遠都搞不清楚，但阿華堅稱罪魁禍首就是小波），擺攤時，大腿之間不停地發癢，最後終於忍不住邊抓褲襠邊做珍珠奶茶時，一名女客人突然發出了整個西門町都可以聽到的慘叫聲。我丟下正在幫忙的小餐館，衝去阿華的攤位，看到一個女人怒髮衝冠地指著阿華，破口大罵一些我聽不懂的話。

「妳有證據嗎？啊？」對任何事都很不屑的阿華這一次面紅耳赤地反駁。

「既然妳說得這麼有把握，想必有確鑿的證據？」

「那絕對是陰蝨！我以前在衛生所上班……你看，就是那裡！你現在不是在抓那裡嗎！」

阿華停下正在抓褲襠的手，一臉嚴肅地抱著雙臂，瞪著那個女人，但大腿忍不住扭來扭去。

那個女人看起來三十歲左右，穿著土裡土氣的衣服，乍看之下，會以為是學校的教導主任。她撿起不小心漏接而掉在地上的杯子，眼鏡後方的雙眼仔細打量著，然後抽了一根吸管，對著漸漸聚集的圍觀人潮甩了一下說：

「剛才就停在這裡……就停在邊邊！現在已經逃走了，那絕對是陰蝨，細細的腳還在動呢！」

「妳夠了沒有！小心我告妳毀損名譽！」

日本觀光客拿起手機，拍下了他們噴著口水互罵的樣子。

那個女人毫不示弱地繼續破口大罵，但陰蝨已經不知道逃去哪裡了，事到如今，只能脫下阿華的褲子才能確認，只不過阿華當然不可能答應。於是最後阿華占了上風，那個女人只能落荒而逃，但還是讓人越想越不爽，這樣的結局讓人很不痛快。那些日本人納悶地偏著頭，紛紛走進了紋身街入口的

Uniqlo。

那個女人使用二十一世紀的手段報復阿華，也就是在社群網站上抨擊阿華的珍珠奶茶攤，導致阿華的攤位有一陣子生意冷清。我借了阿華的智慧型手機，把爆料公社有人爆料「陰蝨老闆」，而且還附上照片的內容給他看。「阿華，你看這個，而且那個女客人是臺東人！」沒想到好心沒好報，我的腦袋挨了一拳頭。

就連自認是法律邊緣人的紋身街那些刺青師，也毫不懷疑阿華絕對感染到了陰蝨。大家都在背地裡討論，雖然阿華平時愛裝老大，但老天爺都看得很清楚，他早晚必須為自己輕浮的行為付出代價。他們遠遠看著珍珠奶茶的攤子，只要阿華的手稍微伸向褲襠，甚至只是伸進褲子口袋裡找零錢，他們就立刻臉色發白地逃回自己的店。

我一直搞不懂為什麼大人的腋下和兩腿之間會長毛，也許是為了向陰蝨提供棲身之地。不久之前才在學校的健康教育課上學到，人的腸子裡住了幾百種細菌，老師說，我們和各式各樣的東西共存。我忍不住想，既然人的腸子是細菌的棲身之處，這個世界上應該也有陰蝨的棲身之處，但只要別鑽進我的褲襠裡就好。

這件事還有下文。阿華實在氣不過，於是找了偵探孤獨先生去調查游小波的素行。

一個星期後，阿華衝進我家小餐館。

「我就知道！」阿華得意地甩著孤獨先生的報告。「那個婊子除了我以外，還有三個男人。不，等一下，搞不好還有更多……因為光一個星期就已經有三個男人了！」

雖然已經過了午餐時間，但正在小餐館內吃午餐的刺青師都忍不住互看。

「你們都被那個女人的外表騙了。」阿華像龍一樣鼻孔用力噴氣。「真正賤到骨子裡的婊子都完全看不出是婊子。」

我不是不能理解。游小波看起來的確不像婊子，更像是無印良品的店員。一頭彎起的棕色短髮隨時都很飄逸，嬌小的女生穿她那種棉質襯衫和寬鬆的棉長褲特別好看。因為工作的關係，她兩個耳朵的耳垂上都打了好幾個耳洞，但並不至於多到帶有攻擊性，臉上的妝容也是我能夠理解的程度。

「所以說，傳聞果然是真的。」

豬小弟深有感慨地說，阿華立刻雙眼一亮，簡直就像在地獄發現了菩薩，或是在槍林彈雨的戰場上找到了值得信賴的戰友。

「就是啊！絕對就是那個女人！」

「你這個陰蝨混蛋，」豬小弟不屑地說。「別假裝自己是受害者！王八蛋！」

阿華張口結舌。「但是，我就是受害者啊？難道不是嗎？」

「是你自己和女人上床，爽也爽到了啊。我告訴你，不管是懷孕還是性病，都沒辦法一個人搞定。」

大家都紛紛點頭。

「然後呢？」寧姊冷冷地用下巴指了指阿華的褲襠。「陰蝨老闆，現在還養在那裡嗎？」

阿華抓著頭，指著所有人破口大罵，尖叫著衝出小餐館。

一陣好不容易帶有一絲涼意的秋風吹過，就像太陽躲進了雲層般，西門町的喧鬧也好像蒙上了一層陰影。

「你們不要說出去，」肯尼打破了尷尬的沉默。「阿華那傢伙，和那個女人店裡……不是有一個把兩側的頭髮剪得很短，鼻子上也戴了鼻環的那個女人嗎？我不知道她叫什麼名字，聽說阿華也和她有一腿。她可是那個女人的同事欸！」

「所以說，未必是小波傳染給他的。」爸爸搖著頭。「阿華在這方面的風評不太好。」

「那個傢伙，我至少知道他搞過兩個女客人。」

肯尼壓低嗓門，告訴大家阿華曾經幹過把不知道從哪裡來的女生帶上山，然後把人家丟在山上的畜生行為。據說阿華用機車載著來向他買奶茶的女生去沒有人煙的山林，打算在山上打野砲。

「結果對方拒絕他，」肯尼說。「聽說對方還是高中生。」

於是大家紛紛罵阿華是個卑鄙無恥的豬哥、發情的野狗、泯滅人性的蘿莉控。

「所以這是女生拒絕和他打砲嗎？」

聽到我插嘴問的問題，所有人都瞪大了眼睛。

「我搞不懂那些人為什麼喜歡做那檔事，搞不好會得愛滋病死掉啊，到底哪裡好玩？」

我媽媽先打了我的頭做為回答，寧姊諄諄教導說：

「當喜歡一個人的時候，會很自然地想和對方發生關係，等你長大之後就知道了。」

「但阿華並不喜歡小波啊。」我嘟著嘴。「只是玩弄她而已。」

「這就是我想要說的，」正在吃豬腳飯的豬小弟嘆了一口氣。「阿華把自己的不幸怪到別人頭上。小武，你要記住，不幸專門找這種人。」

三天後，阿華和寧姊為這件事發生了衝突。原因是阿華不接受教訓，竟然在社群網站上爆料洩憤。

「開什麼玩笑！我有什麼錯？我沒有公布她的姓名，她就該感恩了！」

「一看就知道是在寫她啊？」

「我也是受害者啊！」

「你根本沒有證據可以證明是她傳染給你的！即使退一百步，真的是她傳染給你，她也是受害者啊！」

寧姊罵阿華是卑鄙無恥、娘娘腔的小人，阿華則回罵寧姊是雞婆的偽善者。

「你沒聽過不遷怒，不貳過這句話嗎？」

「別把我當傻瓜！不是在說孔子的某個不知道叫什麼名字的弟子嗎？」

「顏回啦！」

「我當然知道。」阿華冷笑一聲。「顏回真了不起啊，不愧是君子……所以年紀輕輕就死了。那個女人也是受害者？不用妳說，我當然也知道！」

「既然這樣——」

「有時候即使知道，但也未必能夠做到啊。刺青不是也一樣嗎？妳為什麼會成為刺青師？是腦袋想清楚後才做這門生意嗎？」

寧姊閉了嘴。

「這個世界上，永遠都是通情達理的人先翹辮子。」

現在的路人看到兩個人在大馬路上相互叫罵，就會立刻拿出手機拍攝。當然不僅是臺北，而是世界各地的景象。

「幹！無論妳還是我，都站在和那種人完全相反的位置。」阿華這一陣子的歪理簡直句句都是經典。「妳以為自己高人一等嗎？啊？」

我不知道游小波是不是阿華所說的「通情達理的人」，但當小波離開紋身街時，我總覺得和她通情達理的部分有關。如果大家都像阿華那樣，凡事都責怪別人，這個世界上的紛爭就永遠不會消失。只不過如果可以責怪別人，至少自己可以活得比較輕鬆，有時候活得輕鬆比任何事更加重要。

在我年紀還小的時候，紋身街上有十家左右的刺青店，如今除了肯尼和寧姊他們的工坊以外，幾乎都是服裝店和穿耳洞店。媽媽經常說，幾乎不可以再叫紋身街了。

游小波工作的穿耳洞店位在紋身街靠西寧南路那一側，我家的小餐館位在漢中街那一側，所以我很少見到她。

我之所以會對小波產生親近感，是因為她很矮。她只比讀小學三年級的我高一點，第一次看到她時，我以為她是五、六年級的小學生，但其實她已經二十三歲，聽說還離過婚。

另一個原因是冰糖。當我去送外賣或是回來巧遇她時，她經常送我冰糖。小波的冰糖都用折成圓錐形的報紙包起來，不知道她去哪裡買的。那種東西老派，我反而覺得很新鮮。如今有太多好吃的東西，但我很喜歡她送我的冰糖。

小波第一次給我冰糖的那一天，我剛好在學校和同學為無聊的事吵架。那時候，我和好幾個同學熱衷畫「可以裝下任何東西的完美罈」。那個罈子真的可以裝下任何東西，不管是戰鬥機，還是遊樂園，或是芒果樹，都可以裝進去。先畫樂園罈的剖面，然後把裡面隔成像螞蟻窩一樣，把想放進去的東西放進每一個小房間。我們畫了好幾張這種畫，大家一起七嘴八舌地討論，最後決定畫一張「楊亞嵐、景健武、史佩倫的完美無缺樂園罈」。我們要畫一張裝滿所有人的夢想和希望，獨一無二的完美罈的畫。吵架的原因是我無論如何都希望把紋身街畫進去，但楊亞嵐和史佩倫都堅決反對。

我在真善美戲院前撞見小波時，我把大家畫的完美罈撕得粉碎，然後踩在腳下。因為我實在太生氣了，所以打算不理她，直接走過去。沒想到小波做出了意想不到的舉動。她張開雙手，擋住了我的去路。走開啦！我像隻獅子般大吼。想死啊！她毫不在乎地把報紙包的冰糖遞給我。「我才不要。」我這麼對她說。「再不滾開我就要把這個塞進妳鼻子哦！」「沒關係啦，沒關係啦。」她對我說。「不必客氣，拿去吃吧。心情不好的時候吃甜食特別有效。」

我注視著她，用懷疑的眼神看著她遞給我的（看起來像殺蟲劑的）冰糖，心灰意冷地拿起一顆放進嘴裡。如果我吃一顆冰糖，她就願意放過我，簡直太輕鬆了。好吧，那我就吃一顆，反正我沒有損失任何東西。

冰冰涼涼的甜味在因為生氣而發苦的嘴裡擴散。

「怎麼樣？好吃嗎？」

如果問我好不好吃，老實說，真的不太好回答，但那並不是想要騙小孩的味道，我說不太清楚，覺得就像空氣、水和醬油一樣，是人類生存不可或缺的味道。我故意露出無趣的表情，讓冰糖在嘴裡滾來滾去，發出嘎啦嘎啦的聲音。

「我是鹿港人，」小波微笑著說。「我家附近有一個從大陸來打工的大嬸，說是要來賺女兒的植牙費，她每次都會給我冰糖。你不覺得吃冰糖的時候，感覺像在舔寶石嗎？」

雖然我無法贊成她這個意見，但也沒必要特別說出來。

「所以，那個大嬸存夠了植牙費，就要回中國嗎？」

「她說存夠植牙費後，還要再存兒子的結婚費用。」

店裡沒生意的時候，小波經常邊吃冰糖邊看書。

「這個叫李昂的作家和我一樣，也是鹿港人，她從女性的角度寫小說。」

「什麼意思？」

「也就是說，」小波對我說。「這代表我們這個社會是以男人為中心。」

小波被這個以男人為中心的社會玩弄、踐踏，被男人像鳥一樣啄食。阿華、喜喜和地痞鮑魚都是啄食之後，就拍拍屁股飛走了。

每每想到這件事，就覺得揪心。畢竟從某種角度來說，她會落入鮑魚的魔爪，並且在胸口刺青，都是因為我說了不該說的話。

鮑魚他們的幫派從那一年夏天開始就一直不太平。我聽大人說，是因為幫派內的新興勢力想要出走，所以西門町的夜總會和KTV發生了多起自家人開槍事件，電視新聞也曾經報導過。

鮑魚雖然是膽小怕事的小混混，但小混混還是幫派分子，所以必須選邊站。他每天都繃緊神經，站在生死邊緣，就連在我家小餐館吃飯時也心神不寧，每次都坐在柱子後面的桌子旁，擔心不知道子彈什麼時候飛過來，然後露出像飢餓的野狗般的雙眼，瞪著外面的馬路。有一次，阿華激動地衝進店裡說，某某堂口（應該是出走的幫派取了新名字）的某甲走來這裡了。

鮑魚一聽，立刻雙眼一亮。我從來沒有看過鮑魚臉上露出這麼凶狠的表情，簡直就像在《英雄本色》中用機關槍掃射的周潤發。他從腹底深處擠出一句：「幹你娘！」拍著桌子站了起來。

我手心冒汗，爸爸把廚房的菜刀藏了起來，媽媽手足無措，但鮑魚簡直太令人失望了。他不是衝去以血還血的血腥戰場，而是轉身逃進我家的廁所。只聽到門砰地一聲關起來，接下來就完全沒有任何動靜。

爸爸和媽媽互看了一眼，我和阿華對看著，然後大家都怔怔地看著某某堂口的某甲大搖大擺地走過我家門前。西門町很太平。爸爸嘀咕說，他是不是很像洪金寶？媽媽和阿華都點了點頭。當鮑魚臉色大變地從廁所衝出來時，大哥大洪金寶已經消失在人群中，早就不見蹤影了。

「幹！肚子偏偏在這種時候……」鮑魚彎腰摸著肚子，一臉懊惱地看著馬路。「他媽的！他去了哪裡？」

媽媽慢吞吞地開始洗碗，阿華搖著頭，走回自己的攤位，爸爸拍了拍鮑魚的肩膀說：

「好了，吃飯吧？」

鮑魚繼續耍狠地嘀咕了幾句，但吃了兩口剛才沒吃完的排骨飯後，就開始盯著報紙的娛樂版，好像什麼事都沒發生過。

鮑魚就是這種貨色，是如假包換的膽小鬼。在認識鮑魚之前，恐怕無法瞭解「俗仔」真正的意思。

他不是那種女生會喜歡的男人，而是徹頭徹尾的廢物，如果可以一輩子和他沒有任何瓜葛，就該感謝上天。如果鮑魚的大哥沒有死在洪金寶手上，如果我沒有剛好看到小波被男人打，鮑魚和小波的人生應該不會有任何交集。

鮑魚參加完大哥的葬禮後來我家小餐館。他穿了一套深色西裝，襯衫腋下有一灘汗漬。鮑魚看起來垂頭喪氣，只是搞不清楚他在為大哥的死感到難過，還是為自己的未來擔心。

「我送了我大哥最後一程。」

鮑魚沒有喝爸爸拿給他的啤酒，淡淡地說著，好像不是在對別人說，而是在說給自己聽。

「幹！如果我上次幹掉那個王八蛋，我大哥現在……現在說這些也沒用，誰叫我那時候突然肚子痛呢？這是老天爺決定的事，不是任何人的過錯。總之，當大哥被人開槍後，我們輪流住在醫院陪他。大哥死的那天晚上，剛好輪到我守在醫院。大哥躺在病床上，身上插了很多管子和儀器。晚上很安靜，只聽到人工呼吸器的聲音，但那種安靜讓人感到害怕……我怎麼也睡不著，於是就去便利商店買了酒，但喝啤酒根本喝不醉，所以我又腳步沉重地走出醫院，買了一小瓶高粱酒。我慢慢喝著高粱，思考大哥希望我為他做什麼。說到底，我們就是黑道兄弟，無論如何都要報仇，但大哥真的希望我這麼做嗎？我並不是害怕。你把我當成什麼了？該動手的時候，我當然會採取行動，問題在於大哥是不是真的希望我這麼做。你應該知道，我大哥心地很善良。那是半夜兩點的時候，我不知道什麼時候打起了瞌睡，被嘩啦嘩啦的水聲吵醒了。我雖然穿著拖鞋，但兩隻腳全都濕了，一看病房的地上，哇靠！竟然淹了水！我完全搞不清楚到底發生了什麼狀況，以為自己在做夢。我站在那裡，聽到病床上又傳來嘩啦嘩啦的聲音。我回頭問了一聲：『誰啊？』沒想到一條很大的鯉魚從躺在病床上的大哥身上跳了起來，在半空中翻身，然後又掉落在大哥的身上，濺起很多水花。我簡直嚇死了，發現一條漂亮的紅色錦鯉在渾身都插滿、黏滿管子和電極的大哥胸前游來游去。我沒騙你，我忍不住揉了揉眼睛，因為那條鯉魚是大哥刺在背上的刺青！我以前看過好幾次。那是大哥去日本刺的刺青，真的超讚。刺青的鯉魚在瀕死的大哥身上游來游去。如果我說謊，可以拔我的舌頭。我覺得必須採取行動，必須抓住那條錦鯉，但無論我怎麼摸大哥的身體，也只摸到他的身體而已，是瀕臨死亡的肉塊，錦鯉在我手下輕鬆地游了過去，簡直就像魚缸裡的魚一樣。我著急起來。我很快就發現自己根本沒能力做任何事。錦鯉甩尾巴時，水濺到我的臉上，老實說，我只能呆呆地看著。那條錦鯉後來去了哪裡？牠鑽進大哥身體深處，然後就不見了，只剩下慢慢擴散的漣漪。」

「然後呢？」我探出身體。「之後怎麼樣了？」

「我大哥剛好就是那個時候死的。」

「鮑魚，你一定是喝醉了。」因為太可怕了，所以我忍不住逞強地說。「是酒精在搞鬼。」

「那條錦鯉把大哥從痛苦中拯救出來。」鮑魚說。「我從來沒有看過表情這麼安詳的死人。刺青具備了這種力量，所以不管你相不相信，反正我是信了。」

沒錯，鮑魚的大哥中了槍，我在小巷子裡看到游小波被男人毆打。

那天，我在放學回到家後，就直接去送外賣。

九月接近尾聲，快到中秋節了，水果店門口堆滿了大家在中秋節愛吃的柚子，向晚的街道上飄著柚子的清新香氣。大人都喜歡把柚子皮做的帽子戴在小孩子頭上，但每次我戴柚子皮帽，臉頰就很癢。越來越圓的月亮掛在天空中，我剛升上小學四年級，穿著好像百貨公司包裝紙一樣上了漿的新制服。

回家的路上，一輛黑色賓士斜斜地停在通往昆明街的巷子裡，雖然擋住了路，但我並沒有感到意外。因為這裡就是臺北，無論行人和車子，只要自己方便就好。

我停下腳步，看到游小波在車子後方被人毆打。她被人按在牆上，一次又一次地甩耳光。小波很矮，看起來就像小孩子被人欺負。那個男人很高，穿著黑色西裝，油亮的頭髮梳向腦後。他一把抓起小波的胸口，甩她耳光的右手上戴著很粗的金戒指。

雖然我不知道發生了什麼事，但偵探孤獨先生也一樣。住手！你在幹什麼？孤獨先生大叫著撲向男人的後背，但他瘦得像稻草芯一樣，根本起不了任何作用。

「她不是你的太太嗎？你找她是為了打她嗎？你先聽她解釋啊！」

「少囉嗦！」男人一把推開孤獨先生，繼續毆打小波。「這個女人啊！都怪這個女人……這個女人殺了我的兒子！」

我曾經看過男人打女人不止一次，說實話，爸爸有時候也會打媽媽。在西門町這一帶，男人打女人應該不是什麼稀奇事，媽媽以前曾經叮嚀我，遇到這種時候就趕快走開。因為這個世界上有很多大人對小孩子也不會手下留情，如果傻傻地在那裡看熱鬧，搞不好也會遭到池魚之殃。

昏暗的路燈下，小波的臉已經通紅，淚水在眼眶中打轉。但即使男人一次又一次甩她巴掌，她仍然咬緊牙關，完全沒有躲避男人的手。小波的頭被男人打得撞到水泥牆壁，我聽到渾身的汗毛都嚇得豎起來的聲音。

這種時候，如果有智慧型手機，就可以記錄下憤怒和悲傷，或許可以用正義的力量修理那些不公不義的事，事後向強大蠻橫的敵人報一箭之仇。只不過那是以後的事，對此刻需要拯救和安慰的人無法發揮任何作用，也沒有任何意義。

我既沒有智慧型手機，也沒有勇氣——只能拔腿逃走了。我覺得身體內好像變成了蘇打水，心亂如麻。回到小餐館時，發現店裡有很多客人。我賣力幫忙，連媽媽都感到驚訝，爸爸甚至說，如果小武每天這麼乖，可以買個智慧型手機當作犒賞。

才不想要什麼智慧型手機。至少那天晚上不想要。因為即使我有最新型、最帥氣的手機，也無法拯救眼前受到傷害的人。

當客人一個又一個離開後，自我厭惡好像要填補空隙般湧上心頭，所以我更加拚命在店裡幫忙。我用力擦桌子、端菜，像野豬一樣猛然衝出去送外賣，動作俐落地剝大蒜皮。當我回過神時，發現自己丟下抹布，跑向小波的穿耳洞店。媽媽不知道大聲罵著什麼，但即使回家之後挨罵也沒關係。當我穿越狹窄的紋身街，剛好在穿耳洞店門口遇到了喜喜。

「嗨，小武，你的表情好可怕，怎麼了？」

「我問妳，」我不理會喜喜，問正在店內無所事事的店員：「小波在嗎？」

她露出對待無禮小鬼的眼神看著我。她兩側的頭髮剪得很短，戴著鼻環。阿華那個王八蛋劈腿的對象應該就是她。

「看什麼看！」一開口就像吵架的我的確是無禮的小鬼。「她到底在不在啦？」

擦了黑色口紅的她凶惡地撇著嘴脣。

「沒大沒小。」喜喜打了我的頭，笑著對女店員說：「不好意思，但現在有急事，游小波在嗎？」

她瞪大了眼睛。

喜喜和他哥哥豬小弟不一樣，總是很溫和。因為太溫和，甚至有人在背後說他是同性戀，但他短袖襯衫下露出的手臂，和脖子上都刺滿了刺青。那個把兩側的頭髮剪得很短的女人可能以為喜喜滿身刺青是想要證明什麼，冷冷地對著後方揚了揚下巴，一直偷瞄喜喜。

掀起掛在門口的簾子，走進裡面的小房間，小波背對著門口坐在那裡，矮小的身體縮得更小了，用一把好像小手槍的東西對準了自己的臉。

我嚇得愣在那裡，聽到「啪嘰」一聲乾澀的聲音。

「小波……？」

小手槍似乎是耳洞槍。她緩緩地，好像在夢遊似地把耳環裝進耳洞槍，沒有看鏡子，就把耳洞槍對準了自己的耳朵，扣下了扳機。喀答。血濺到白襯衫的肩膀上，兩個耳垂的後方露出好幾個沒有後扣的耳針，血從那裡滴了下來。小波把耳環打進耳垂後，又裝上新的耳環。

有人從後方推我，我倒在堆在牆邊的紙箱上。當我站起來時，喜喜已經用力抓住了小波的手腕。耳洞槍從她手上掉了下來，她似乎這時才發現我們。

「啊，小武……」小波整張臉發黑，而且腫了起來，看起來就像破損的水蜜桃，但她擠出了笑容問：「怎麼了？」

然後一臉不解地看著抓住她手腕的喜喜。

「妳有在吸嗎？」

小波似乎無法理解喜喜說的話，我當然也聽不懂，但我無法像小波一樣笑出來。

小波的聲音好像抽筋一樣捧腹大笑起來，我和喜喜只是傻傻地站在那裡。原本在顧店的那個女生跑來察看情況，也和我們一起站在那裡。「打開笑門福自來」根本是胡說八道，小波越笑，這個世界就被衝向扭曲的方向，當她發作性的狂笑停止後，用力連續吸了幾口氣，露出迷濛的眼神看著喜喜。

「你有辦法買到嗎？」

「可以啊。」

「任何一種都可以嗎？」

「對。」

「你是豬小弟的弟弟吧。」她的嘴巴閉不起來，口齒有點不清。「我曾經和你哥哥上過床。」

「我知道。」

喜喜面不改色，連眉毛也沒有動一下。小波見狀，又忍不住笑了起來，但她明明在笑，卻不知不覺流下了眼淚，彷彿太陽下山一般，她的笑聲也漸漸染上了暮色，淚光宛如月盈般閃著光。她想要同時哭和笑，但結果都失敗了。

「我殺了孩子。」她泣不成聲地說。「我一時情緒失控……我也不知道自己為什麼會那麼做。」
「是喔。」
「是我的錯……孩子是我殺的。」
大人的話都拐彎抹角，我完全不得要領。喜喜和小波就像是在狹窄的路上相遇的兩輛車，其中一方想要過去，另一方必須倒車，但小波無意倒車，只不過這樣行不通。因為一旦喜喜後退，讓小波過去，她一定會用力踩油門。
「如果妳想死，那就沒關係。」
小波露出求助的眼神抬眼看著喜喜。
「反正全都是痛苦的事，」喜喜鎮定地說。我聽了他的說話聲，發現鎮定和漠不關心很相似。「妳知道我們的店在哪裡吧？我可以介紹藥頭給妳認識。」
「不行！這樣不行啦！」
小波和喜喜，還有那個頭髮剪得很短的女店員都回頭看著我。
「不可以死。」雖然我知道大人說話時不能插嘴，但我無法克制自己。「不管發生什麼事，都不可以死，即使遇到痛苦的事，只要事情過去之後，就會發現根本是小事一樁……對了！刺青，妳可以刺青啊。因為鮑魚說，刺青具有拯救人的力量。所以，所以啊——」

我用力克制著湧上心頭的淚水，無處可去的凶殘在體內翻騰，我的胸口起伏著，結結巴巴地說出了鯉魚在瀕臨死亡的黑道大哥身上游來游去的事，那條鯉魚吞噬了鮑魚大哥的痛苦和懊惱後游走了。刺青一定像翡翠一樣，可以吸走人體的衰運。

「所以啊，小波，妳讓喜喜在妳身上刺青。」

我是不是傳達了某些東西？即使真的傳達了某些東西，也許並不是我想要傳達的東西。小波的面前有兩張蓋住的撲克牌，一張是鬼牌，另一張是更糟的牌。我就像是一個小小的獨裁者，硬是把她該選的牌推到她面前，命令她刺青。徒勞的話語糾結在一起、搖擺不定，接連從名為意義的飛毯上掉落。

我完全不記得自己是怎麼走出穿耳洞店，當我回過神時，發現自己站在店外，抱著喜喜放聲大哭。喜喜看我心情漸漸平靜後，叮嚀我說：

「小武，你別再靠近那個女人，知道了嗎？」

我抽抽噎噎地搖了搖頭。

「我是認真的。」

「……為什麼？」

「因為你還是小孩子，在你還是小孩子的時候看太多事，就會在腦袋裡播下不良的種子，你並不希望長大之後，變成我或是那個女人那樣吧？」

這就是喜喜在小波胸口刺天使刺青的來龍去脈。

那天晚上之後，每當悲傷滿溢，對一切感到麻木時，小波不再拚命在耳朵上打洞，而是開始在身上刺青。她的身體上有好幾個天使。雖然那些刺青師都察覺了喜喜和她之間的關係，但誰都沒有說什麼，就連賤嘴阿華這一次也很識相，甚至看起來很同情小波。看到小波走過去時，會特地叫住她，請她喝奶茶。只有肯尼有一次拐彎抹角地說：

「也不是沒有女人用身體付刺青的錢。」

「你這個男人還真可憐，」寧姊用嚴厲的口吻反駁。「想必你之前交往的女人都不是什麼好貨色。」

肯尼賭氣地繼續吃飯，豬小弟很受不了地搖了搖頭。至於喜喜，他可能沒有聽到別人的談話，只是怔怔地看著外面刺眼的馬路。

順著他的視線望去，可以看到鮑魚摟著游小波的肩膀。

不久之後，就聽說小波辭去了穿耳洞店的工作。我問那個腦袋兩側頭髮剪得很短的女店員，她說小波沒有和店裡聯絡，就不來上班了。

「已經兩個星期了，反正店裡的生意也不忙，所以沒什麼關係，但好像她和渣男在一起。」

穿耳洞店之後又雇用了一個頭髮染成藍色的瘦高個男人代替小波，當我和他眼神交會時，他吐出舌頭，得意地讓我看他的舌環。

「怎樣？你自以為這樣很帥嗎？」

我這麼說完之後，兩個人哈哈大笑起來。

我馬上去了喜喜的店。店裡冷冷清清，豬小弟在滑手機，喜喜又在看韓國動作片，兩兄弟都沒有看我一眼。我用開飲機倒了一杯水，喝完之後走向沙發，喜喜為我騰出了空位。

我們一起坐在沙發上，看著一個壞警察同時被警察和黑道追殺的電影。壞警察真的很壞，一直魚肉鄉里，殺了黑道分子後，偽裝成車禍。我看到一半就很希望這種人趕快去死，當他遭遇不幸時，就忍不住聲援他的敵人，希望他更倒楣。看到那個壞警察其實也很可憐，很貼心地照顧臥病在床的太太時，我差一點落淚，喜喜用力咂著嘴嘀咕說：

「為什麼會變成這種灑狗血的故事？」

「那你就不要看啊。」正在滑手機的豬小弟頭也不抬地說。「不要整天對著電視抱怨。」

之後又發生了很多事，當然也發生了槍戰。全身被打成蜂窩的壞警察奄奄一息時想要說什麼，在這一幕結束之前，我暫時不想開口。

「小武，怎麼了？」喜喜慢吞吞地問我。「你不在店裡幫忙嗎？」壞警察在臨終前看到的是太太年輕時美麗的身影（不然還能有什麼？）。喜喜又咂了一次嘴。

「小波怎麼樣了？」

喜喜瞥了我一眼，然後又看著電視。「你忘了我對你說的話嗎？」

「小波呢？」

他什麼話也沒說，怔怔地看著片尾字幕。

「鮑魚把那個爛貨帶走了。」開口的是豬小弟。「應該在附近某家大人出入的店上班吧？」

「喂！」喜喜說。「別對小孩子說這些有的沒的。」

「是你把小波介紹給鮑魚的嗎？」我整個身體都轉向他。「你不是在和她交往嗎？」

「誰會和那種女人交往。」

豬小弟又在一旁插嘴，我忍不住嗆他：「誰在問你啊？」

豬小弟聳了聳肩。

「我並沒有和她交往。」喜喜說。「雖然我不知道要怎麼向你解釋……長大之後，即使彼此不喜歡，有時候也會在一起。」

「既然不喜歡，為什麼要做這種事？」

「不知道，可能總比孤單一人好一點吧。」

「那你又為什麼把她介紹給鮑魚？」

「因為還是一個人比較輕鬆。」喜喜在說話之前，拿起遙控器關上了電視。

「如果沒有做好背負起對方人生的心理準備，就最好別在對方的身邊打轉。」

我抬頭瞪著喜喜。「所以，你是說你並不喜歡小波嗎？」

「對，」他看著我的眼睛說：「就是這麼一回事。」

幾天之後，我在峨眉街看到了孤獨先生，所以就拚命向他打聽，但偵探只是一臉為難地搖頭，什麼都不肯告訴我。我用阿華的手機打了「游小波」、「鹿港」、「嬰兒」、「事件」、「殺人」這些關鍵字搜尋，也沒有查到任何線索。

沒想到幾年之後，意外得知了真相。

那時候，我已經上了高中，但仍然住在紋身街，也仍然在老家的小餐館幫忙。那時正值青春期，只要一有空，就像春天發情的貓一樣追女生，為了讓自己看起來更有吸引力，我打算在側腹或是小腿上刺一個小小的刺青。只有肯尼不會說一堆大道理，願意刺這種溫和的刺青，所以我很自然去找他商量。

「終於到了這一天，」肯尼豎起了大拇指，似乎對我的成長感動不已。「人生只有一次啊。」

他很親切地提供了意見，好像在身上刺青是住在紋身街的人必不可少的儀式。

當我們一起選圖案時，剛好看到幾個天使的圖案。我突然感覺到嘴裡甜甜的，立刻被從過去吹來的風帶走了。肯尼看到我盯著天使的圖案，似乎想到了什麼。

「我記得以前有一個叫游小波的爛貨，」他充滿懷念地瞇起眼睛。「小武，你還記得嗎？就是穿耳洞店那個女人，和阿華、豬小弟和喜喜都有一腿。」

我點了點頭。

我就是在那時候得知了小波的事。聽肯尼說，她有一個年紀比她大很多歲的市議員老公，她老公會家暴，即使她懷孕時，也完全沒有收斂。我想起那個在小巷內打小波的男人，還有擋住巷子的黑色賓士車，以及當我逃回家時，大大的月亮在天上同情地看著我。有一天，小波被老公痛毆了一頓後，情緒失控地從陽臺上跳了下去。

「當時，她肚子裡已經有了孩子。」肯尼嘆著氣說。「這是鮑魚說的，所以不知道有幾分是真的。我想起來了，那個女人離開之後，喜喜那傢伙沮喪了很久。」

我覺得身體發熱。

沒錯——那一天我感冒了，而且在發燒。

我記得那是十一月。

這個季節讓人無法大意，接連好幾天都是冷颼颼的天氣，然後氣溫又突然超過三十度。

我在放學回家後，借了阿華的手機玩，豬小弟突然來買珍珠奶茶。那是和平時無異的黃昏時刻。我一邊看著 YouTube 上的卡通影片，心不在焉地聽著大人閒聊，阿華突然問起喜喜的近況。

「他很好啊，」豬小弟用吸管喝著奶茶回答說。「只是現在那個女人住在我們家。」

「那個女人……你是說游小波嗎？」

「除了她以外還有誰？總之，她的狀況超慘，照這樣下去會出人命，所以我弟弟在照顧她。」

「你弟弟還真愛管閒事。」阿華搖著頭。

「雖然我知道他們幫派最近不太平需要錢，但你如果看到鮑魚，叫他別再賣給那個女人了。」

我把手機還給阿華，回到自家小餐館。我今天在學校上第五節課時，就覺得身體無力，於是我媽媽幫我量了體溫，發現三十七度九。

「可能感冒了。」媽媽咂著嘴。「你今天不用在店裡幫忙，趕快換衣服去二樓休息。」

我決定這麼做。

我昏睡了一陣子，覺得口渴醒了過來，看著窗戶玻璃上映照的西門町的霓虹燈後，用體溫計量了體溫，發現燒到三十八度五了。我搖搖晃晃下了樓，剛好是晚餐時段最忙的時候，爸爸和媽媽都忙得不可開交，我喝了水，告訴媽媽燒得更嚴重了，然後拿了錢去買藥。

平時常去的那家藥局在峨眉街。當我說要買藥時，藥劑師王老闆笑著說，這才是我的人生。然後問了我的症狀，把粉紅色、藍色和白色的錠劑，還有膠囊的藥按每次服用的量包成一小包。王老闆做事很認真，很值得信賴。

「粉紅色的是退燒藥，所以吃了會想睡覺。小武，你要不要現在先吃一包？」

我點了點頭，用他給我的水吃了一包藥。

我腦袋空空地從西寧南路走向紋身街。我有點昏昏沉沉，腳踩在地上輕飄飄的。眼睛不停地眨，路燈看起來很模糊，所以當迎面走來的男人叫我之前，我不知道他是喜喜。

「小武，怎麼了？你氣色看起來很差。」

我喉嚨很痛，懶得說話。

「小波在我家。」喜喜說。「我要去吃晚餐，你要不要去看看她？」

我點了點頭。

豬小弟在店裡工作，戴著橡膠手套，不知道在為一個看起來很凶的禿頭男人刺什麼。讓人聯想到牙醫師牙鑽的刺青機在腦袋裡嘰嘰作響，我用開飲機倒水喝了之後，走去後方閣樓房間。那裡是這對刺青師兄弟共同的房間，豬小弟的床放在閣樓。那個房間什麼都沒有，掛在牆上的啤酒品牌霓虹燈管是唯一的光源。

她躺在喜喜的床上睡覺。

她的下半身用毯子蓋住了，從露出的上半身，發現她瘦了許多，右側肩上貼著保護膜，這是為剛刺完的刺青傷口殺菌。我看到胸口和左側前腕上有兩個天使的刺青。

小波可能聽到了動靜，微微睜開眼睛，當她發現我站在昏暗的房間內時，對我嫣然一笑，然後砰、砰拍了拍床。

我在那裡坐了下來，然後想起自己很疲累。床很軟，好像整個人都會沉下去。

「要不要吃冰糖？」

小波把手伸向床邊的床上，從圓錐形的紙包中拿出一顆透明的冰糖。我從她的小可愛背心的領口看到了她的乳房，乳房下方到側腹好像有一個張開翅膀的天使。

我用好像被橡皮擦擦過的聲音向她道謝後，把冰糖含在嘴裡。

「你身體不舒服嗎？」

在嘴裡擴散的溫柔甜味舒服地在發燙的喉嚨擴散，小波從後方緊緊抱住了我。

「你的身體很燙。」

她把臉埋在我的脖頸，用力吸了好幾次氣，我覺得自己好像進入了她的內心，我相信被別人接納應該就是這種感覺。

「如果我的寶寶是兒子，應該也是像你一樣的小帥哥。」

我讓冰糖在舌尖上慢慢溶化，被小波抱在懷裡，怔怔地聽著外面工坊傳來刺青機的聲音。

「當我知道自己肚子裡有孩子時，無法順利想像。你能想像自己的身體內有另一個人嗎？所以我就想像自己肚子裡的是一塊形狀完美的冰糖。」雖然是我在發燒，但小波好像發燒般說不停。「這麼一來，就會覺得那個孩子很特別。我至今仍然清楚記得第一次吃冰糖時的事，你能相信這個世界上竟然有這麼純潔的食物。我太高興了，忍不住哇哇大叫著跑來跑去，簡直就像得到了寶石。我的寶石不僅漂亮，而且還很甜。」

小波的胸口涼涼的，貼在我發燙的身上很舒服。她吐出淡淡的氣息，有點甜甜的。

「那個孩子是我的希望，無論經歷多麼痛苦的經驗都不會被打敗的希望。我覺得只要和那個孩子在一起，可以克服任何困難……但是，事實並不是這麼一回事，我的希望並不是獨一無二，也沒有比我的經驗更堅強，一點都不堅強。」

昏暗的房間內，只有牆上的霓虹燈管靜靜地閃爍。每次眼皮變重，閉上眼睛的時候，無法期待的希望似乎就在黑暗深處蠢蠢欲動。就像深海魚般雙眼退化的希望被帶著尖牙的希望追逐，游向更深、更冷的深海。

不知道過了多久，好像在哄嬰兒般搖晃身體的她突然停止不動了。

我轉過頭，眨著眼睛。也許是因為房間內的光線昏暗，和牆上霓虹燈管的關係，小波低著頭，啤酒的霓虹燈管每次閃爍，她身上的那些天使就會微微浮起來，然後再度沉落在黑暗中。

那些天使每次浮起來時都會改變姿態。她胸口的天使拍動著翅膀，舉起喇叭，手臂和側腹上的天使好像在呼應般飛了過來。右手臂保護膜下的新天使也慢慢爬了出來。

我感到頭昏腦脹。

那些天使牽著手，圍成一圈，緩緩繞圈，好像在邀請小波。天使每次拍動小翅膀，微風就拂過我的瀏海。小波見狀笑了起來，但也同時流下了眼淚。她語帶顫抖地不知道說了什麼，但我聽不清楚。當她伸出手時，那些天使理所當然地牽著她的手。

下一瞬間，小波也變成了刺青。

她變成了刺青，被那些天使包圍。我當然很驚訝，但小波似乎更加驚訝。她和天使一起翩然飛起，沒錯，就在她自己的胸口上飛了起來。但是，這並不是最奇怪的事，最奇怪的是我並不覺得這有什麼奇怪。我非但不覺得奇怪，反而有一種恍然大悟的感覺。

「小波，妳要走了嗎？」

小波並沒有回頭，也許刺青聽不到人的聲音。即使可以聽到，她所留下的東西也不值得她回頭，當然也包括我在內。

那是我有生以來第一次體會這種不同滲透壓的離別，雖然很薄，但有一層決定性的膜將我和小波隔開。雖然可以感受到這層膜滲透出來的悲傷，但我的悲傷無法傳遞過去，再也無法傳遞。

小波滿臉欣喜，好像畏光似地瞇起了眼睛。雖然她的眼角仍然滲著淚水，但那不是悲傷的淚水。鮑魚死去的大哥，也帶著這麼安詳的表情死去嗎？小波就像氣球般，在天使的引導下越來越小，越來越小。她們奔向充滿福音的光芒，但這可能是我事後補充的想像，不如乾脆說還聽到了讚美歌。

在發生重大的奇蹟後，任何事都顯得微不足道。小波漸漸遠去的背影宛如滲了水的水彩畫般模糊、朦朧，不一會兒就消失在藍天中。就在這時，我聽到遠方傳來呼喚我的聲音越來越大——小武……快起來，小武。

我被搖醒，用濕潤的雙眼看著空空的床，一時不知道自己人在哪裡，只知道小波已經不在那裡，但我仍然伸手撫摸著她留下的溫暖，小波真的離開的事實湧上心頭。雖然有好幾種心情怯生生地浮上心頭，其中並沒有悲傷。在看到小波那樣的表情之後，根本輪不到悲傷上場。

喜喜探頭看著我的臉問：「喂，她在哪裡？」

我昏昏沉沉，可能又燒起來了，有點喘不過氣。我的呼吸也像火焰山一樣熾熱。

「小武，你沒事吧？」

我可以否認自己親眼目睹的事，也可以認為是因為發燒而做了夢，而且這也許真的就是一場夢，但是，一旦我這麼做，就代表沒有人向小波伸出援手，只是像煙一樣消失了。我不願這麼想，比起認為她就這樣消失，相信救贖更加簡單。

「小波她……」

我坐了起來，然後下了床，身體搖晃著。

「小波和天使一起飛上天了。」

喜喜滿臉錯愕，我深深地嘆了一口氣，表示不想再說什麼。既然不相信我說的話，喜喜可以相信他想要相信的事。比方說，小波遭到了報應，變成了蟲子。喜喜猛然衝出房間，情緒激動地抓著豬小弟問：「你不是一直在這裡工作嗎？怎麼可能沒看到？這裡是唯一的出口啊！」

我坐在床上調整呼吸片刻。

雖然刺青很蠢，但有時候蠢事也會帶來安慰。我發著燒的腦袋想著這些漫無邊際的事，因為如果不這麼想就無法解釋。刺青是車票，是去遠離這裡的另一個地方的車票。游小波繞了一大圈，受盡了折磨，最後終於拿到了車票，所以才會永遠離開了這個世界。

我用盡渾身的力氣站起來準備回家時，發現原本放在桌上的冰糖紙包不見了。我覺得很好笑。我總覺得自己知道那包冰糖去了哪裡。

至今仍然這麼覺得。

小小的地方

史佩倫主張鳳梨酥店要放進樂園鐔裡，和楊亞嵐堅稱軍隊絕對要放進去，都有相當的說服力。

史佩倫家的鳳梨酥真的超好吃，如果我們想要獨立自主，維持鐔內的和平，的確需要軍隊。

這點我承認。

我不爽的並不是他們把自己家裡的生意放進鐔裡，而是毫不猶豫地想要排除紋身街。當我提出要把整條紋身街放進樂園鐔時，楊亞嵐和史佩倫頻頻表達不滿。

「我又不是說，不可以把你家的小餐館放進去。」

「對啊，小餐館很需要。」

「人是鐵，飯是鋼，一頓不吃餓得慌，所以把小餐館放進去沒問題。」

「但無論怎麼想，都覺得根本不需要刺青店。」

「那如果以後想刺青的話怎麼辦？」

他們兩個人聽到我的反駁，異口同聲地說：「才不會呢！我們才不會變成想要刺青的壞胚子。」

「這種事，要等到長大之後才知道啊。」我當然不能善罷甘休。「就好像……就好像長大之後就必須刮鬍子，還會穿西裝，還會喝酒、抽菸，去夜總會跳舞，不是嗎？我覺得我們應該把目光放得遠一點。現在不需要，不等於一輩子都不需要，而且你們之前不是也覺得籃球選手身上的刺青很帥嗎？」

他們兩個人一臉懷疑地瞇起眼睛，讓我更加火大。

「刺青店的確和軍隊、鳳梨酥店不一樣，並不是每個人都需要，但這就像在緊要關頭需要武器一樣，雖然和大部分人無關，但對需要的人來說就非常需要。不是有很多這種東西嗎？比方說……假髮之類的，人永遠不知道什麼時候會遭到敵人的攻擊，居安思危，才能夠有備無患。」

「這些話絕對不是你自己想出來的。」楊亞嵐說，史佩倫也跟著說：「小武，你是現學現賣誰的話？」

我嘆了一口氣，搖了搖頭，表示「跟你們說這些，你們也聽不懂」。

老實說，我對自己說的話也一知半解，真的只是現學現賣刺青師聊天的內容。

從紋身街的刺青師平時的聊天中，可以瞭解他們對刺青的看法。有一次，肯尼洋洋得意地炫耀自己的新刺青，寧姊忍不住火冒三丈。寧姊用手指戳著肯尼的胸口說：「刺青就像是獠牙，在真正需要使用之前，都必須藏起來，你這個虛榮鬼，到底懂不懂啊！」

在第二節課和第三節課之間的休息時間，我們三個人湊在一起，低頭看著課桌上的素描簿。素描簿上畫著「楊亞嵐、景健武、史佩倫的完美無缺樂園鐔」，我們三個人之中，字寫得最好的史佩倫寫了這幾個字。

正確地說，那是樂園鐔的剖面圖。我們用又黑又粗的麥克筆畫好樂園鐔的輪廓，裡面隔了很多小房間，看起就像是螞蟻窩。大家在畫的時候都會注意到小房間的大小必須和實物的比例相符。遊樂園當然要比醫院和圖書館大，夜市當然更大。小房子有好幾層，樓層和樓層之間還有電梯。

不久之前，史佩倫剛好在有線電視中看到日本的小學生在畢業前，埋下時空膠囊做為畢業紀念。楊亞嵐聽了之後告訴我們說，他也有一個罈子專門裝重要的東西。像是難得一見的皇冠，或是骷髏頭形狀的開瓶器。他得意地說，裡面還裝了很神奇的紫色貝殼，和他爺爺給他的真正勳章、曾祖母送他的中國大陸很久以前的古幣，他把他爸爸被戰車壓壞的勞力士，以及在路上撿到的銀手鍊，也都統統放進了那個罈子。

「啊？你爸爸曾經被戰車輾過？」我和史佩倫驚訝地問。

「對啊。」楊亞嵐得意地說：「我爸爸以前在軍事訓練時，左手臂被戰車輾過，但只有手錶壓壞了，手臂毫髮無傷，現在的手仍然好好的。」

於是，我在上課時開始畫自己的幻想罈，把自己喜歡的東西全都放進去，結果他們兩個人也受我的影響跟進了。

我、楊亞嵐和史佩倫決定把我們所有的一切都裝進罈子。小學三年級學生的腦袋能夠想到的所有快樂的事，所有瀟灑帥氣的事，所有內心的憧憬，都要塞進這個罈子。漸漸地，我們的妄想越來越白熱化，最後把火箭（為地球滅亡時做好準備）、豪華遊輪（以防地球暖化，整個臺灣被海水淹沒），還有貓、狗、動物園也全都放了進去。我們畫了各自的罈，然後相互欣賞，七嘴八舌地討論起來，不久之後，就決定畫屬於我們三個人共同的理想鐔。

沒錯，那就是「楊亞嵐、景健武、史佩倫的完美無缺樂園鐔」。

我們很快就發現了一個禁忌。不用說，當然就是百貨公司。一旦把百貨公司放進去，幾乎就不需要其他東西了。百貨公司有可以嘗到世界各地美味美食的美食街，也有遊樂場，還有影城，可以建一棟一百層樓的百貨公司，什麼都有賣，賣什麼都不稀奇。如果更加完善，還有可以觀賞NBA正式比賽的樓層、釣蝦場、游泳池和足球場，足以對樂園鐔的存在意義造成威脅。

我們在充分溝通之後，決定我們的樂園鐔中必須排除哆啦A夢的百寶袋和百貨公司。可以無限滿足慾望的「完美無缺樂園百貨公司」未免太無聊了。正因為有限制，想像力才能夠飛翔。我們的樂園鐔必須有東方的魔法，簡直就像阿拉伯人的彎刀一樣充滿神祕色彩。

下一節課快開始了。第三節是霍明道老師的鄉土教育課。

「我們的意思是，」楊亞嵐看了看手錶說：「樂園鐔內部並不是無限的。」

「而且紋身街根本是一個地方啊。」史佩倫嘟著嘴說。「如果可以把地方放進去，那可以把整個西門町都放進去，乾脆把整個臺灣放進去就好了啊。如果是這樣，這個樂園鐔就失去了意義。」

「既然軍隊可以放進去，地方當然也可以放進去。」我毅然地指著畫中的一個區域說。「紋身街根本很小，比軍隊的一個師還小。」

「即使再小，不需要的東西就是不需要啊。」

「但我需要啊！」

「你根本是井底之蛙！」我忘了是楊亞嵐還是史佩倫這麼說。「你是不是覺得自己住的地方是全世界最棒的地方？」

「你們不要逼人太甚！」

我們只是大聲嚷嚷自己想說的話，完全不聽別人的意見。如同我堅持要把紋身街放進樂園鐔，他們也堅持要把紋身街排除在外。在相互叫罵一陣子之後，漸漸把紋身街拋在腦後，如果不讓這兩個搞不清楚狀況的傢伙認輸，就無法消除我內心的怒氣。我們的爭論漸漸偏離了主題，變成了相互謾罵。

我們用自己微不足道的整個身心破口大罵，為罵而罵。史佩倫說出了覺得我家的餐館很髒的真心話，我也罵他們家的鳳梨酥難吃得要命。當楊亞嵐越說越大聲時，我罵得比他更大聲，史佩倫發出了尖叫。

「那少數服從多數。」聽到上課鈴聲時，楊亞嵐冷冷地說：「反對把紋身街放進樂園鐔的人舉手！」

楊亞嵐和史佩倫立刻舉起了手，我瞪著他們。霍老師走進教室時，還沒有坐好的同學慌忙坐回自己的椅子。

「算了，這種小不拉幾的鐔子根本是狗屁！」

「算了就算了！」他們兩個人異口同聲地說：「誰怕誰啊！」

我們都憤然地回到自己的座位，悄悄為冷戰的爆發做準備。

那時候是四月底，已經吹起了讓人預感到酷暑的風。好像灑了許多碎玻璃般的強烈陽光照在中華路上，中央分隔島上種的杜鵑變成了很髒的棕色，沾滿了廢氣的大王椰子樹也有氣無力地站在那裡，好像在告訴我們，未來並沒有什麼好玩的事。

我和楊亞嵐、史佩倫之後也吵過無數次架，但據我的記憶所及，那是我們第一次發生摩擦。我們在小學三年級時第一次同班。

回到家，我對著阿華一吐為快，剛好來買珍珠奶茶的寧姊和豬小弟聽了之後也氣得破口大罵。

寧姊罵他們是「法西斯」。雖然我完全不知道是什麼意思，但我覺得聽起來和「強姦犯」、「作弊」差不多。

「不是什麼東西都可以放進這個罈子裡嗎？」豬小弟也越說越生氣。「臺灣的教育怎麼了？小小的年紀就這麼官僚主義嗎？」

「他們還說我是井底之蛙！」

「這是自尊心的問題。」只有阿華冷冷地說。「小武，他們的爸爸都是做什麼生意？」

楊亞嵐家是軍人，他爺爺是陸軍軍官，曾祖父也是軍官。曾祖父還曾經在中國大陸和共產黨打過仗。

史佩倫家是土鳳梨酥老店，在馬英九總統時代，靠大量湧入的中國大陸的觀光客賺飽了口袋，轉眼之間就建造了一棟鳳梨酥殿堂。之後蔡英文總統上臺後，和中國之間的關係惡化，觀光客銳減之後，就跑去上海開了分店，目前還在那裡狂撈人民幣。

「他們都是國民黨，」阿華嘲笑說：「那兩個小鬼心裡看不起你。」

「不要扯到政治。」寧姊厲聲反駁，豬小弟也點著頭。「不要用這種奇怪的價值觀教小孩子。」

阿華皮笑肉不笑地做出了投降的姿勢。

我聽不懂阿華剛才那句話的意思，有點不知所措，寧姊補充說：「阿華的意思是，如果他們真的是你的朋友，就不會否定你認為很重要的東西。」

我聽了之後，覺得很難過。

「小武，你知道嗎？井底之蛙這句成語還有下文。」

我忍著眼淚，抬頭看著寧姊。

「這個成語典故源自莊子。」寧姊先說了這句話，展現了她的博學多聞。

井蛙不可以語於海者，拘於虛也。

夏蟲不可以語於冰者，篤於時也。

「這兩句話的意思是，無法對井底之蛙描述大海的博大，也無法對夏天的蟲談論冰的寒冷。」

我知道井底之蛙的成語，是東海的烏龜同情住在井底的青蛙，但完全不知道還有關於夏蟲的下文。我仔細思考了這個問題，覺得無論井底之蛙還是夏天的蟲，都在表達相同的意思。烏龜嘲笑青蛙之後，應該也會嘲笑夏天的蟲。

「日本人補充了這句成語，」寧姊接著說道。「井底之蛙雖不知大海的遼闊，卻瞭解天空有多深。」

「什麼意思？」

「井底的青蛙或許只看到自己的小天地，但也許看到了生活在大世界的動物看不到的東西。」

「就是天空有多深嗎？」

一臉嚴肅地聽著寧姊說話的豬小弟用力點了點頭，他注視我的表情，簡直就像是成龍完成嚴格修行，終於可以下山時，目送他下山的功夫師父。

「喂喂，你們別鬧了，」正在為三個女生做珍珠奶茶的阿華潑了冷水。「你們該不會因此得出小天地也不錯的結論吧？」

「什麼嘛？」寧姊瞪著阿華。「那又怎麼樣？」

「你最近改吃素嗎？小天地終究只是小天地，自得其樂地活在自己的小天地，就會被人看不起，這個世界就是這麼回事。」

「但有些人就是無法在大世界生存啊！」

「妳是在說你們刺青師嗎？」正在做奶茶的阿華冷笑一聲。「妳才不要用這種井底之蛙的價值觀教壞小武，難道妳希望他也像你們一樣畫地自限嗎？」

寧姊咂著嘴。

「小武，你聽好了，即使你想選擇小天地，也必須先去看看大世界。如果不到處走走看看，根本不知道哪裡最適合自己，知道嗎？」

我輪流看著阿華和寧姊，豬小弟低著頭。

「紋身街根本是個狗屎地方。」阿華把奶茶和找零的錢交給客人，直視著我的眼睛說。「什麼『瞭解天空有多深』……你家的餐館很好吃，你爸媽也都是好人，但你不能一輩子都窩在這裡，知道了嗎？」

就像那時候熱衷的很多事一樣，我們投入「完美無缺樂園鐔」的熱情也很短命。

最初的兩、三天當然都很逞強，楊亞嵐和史佩倫故意在我面前嬉鬧，強調我放棄的友情多麼有價值。他們兩個人好像是櫥窗裡的人，雖然近在眼前，但伸手也摸不到。他們不看我一眼，勾肩搭背地在教室內走來走去，歡呼著跑去操場，故意給我難堪。我也不甘示弱，努力表現出即使不和他們當朋友，世界仍然這麼美好。

幸好那時候我在思考一些問題。

阿華說紋身街是個狗屎地方那一天，我一回家，就把這件事原封不動告訴了爸媽。（「爸爸、媽媽，阿華剛才這麼跟我說。」）當時我爸爸正在剁雞肉，不慌不忙地把菜刀插在砧板上，趿著拖鞋，走去阿華的攤位。媽媽戳了戳我的頭說：「你這孩子，老是說一些不該說的話。」

我和媽媽屏氣凝神地觀察著事態的發展。爸爸用食指指著阿華說了兩、三句話，看起來很生氣。爸爸一旦動了怒，就會很可怕。我以前曾經看過爸爸用皮帶抽媽媽。媽媽哭喊著四處逃竄，爸爸並沒有去追媽媽，抱著雙臂一動也不動，等待媽媽覺悟之後自己走回來，然後揮起皮帶繼續抽。

阿華攤開雙手辯解，爸爸抱著雙臂聽他解釋。論辯解的能力，簡直無人能出其右，但我很擔心爸爸隨時會從褲腰上扯下皮帶，對著阿華劈里啪啦痛打一頓。

幸好沒有發生這種狀況。不一會兒，爸爸和阿華握了手。我咂著嘴，現在是怎樣啊？阿華臉色蒼白地用手臂擦了擦額頭上的汗，一副撿回一條命的表情。爸爸趿著拖鞋走回店裡，點了一支菸，神情嚴肅地吸了一口。然後叼著菸，簡直就像是年輕的亞瑟王拔起插在岩石中的石中劍一樣，拿起了插在砧板上的菜刀，不發一語地繼續剁雞肉。

「爸爸，」我焦急地在他背後問。「你和阿華說了什麼？」

「將來的事。他說等他存夠了錢，就要收掉攤子，離開這裡。」

「什麼？阿華要離開這裡？」

「他說得對，」爸爸繼續剁著雞肉，背對著我說：「你不能一輩子留在這種垃圾地方。」

爸爸抽完最後一口菸，丟在地上，很不爽地踩熄了。爸爸從那天起完全戒了菸。很久之後，我從媽媽口中得知，爸爸就是在那時候決定，無論如何都要送我上大學。我那時候當然不知道這種事，因為滿腦子都想著和同學吵架的事，沒有人為紋身街說句公道話，這使我感到忿忿不平。聽到爸爸心血來潮地突然宣布要提早一個小時開店，晚一個小時打烊，就覺得很煩。

和楊亞嵐他們的冷戰持續了一個星期、十天之後，我們三個人都開始懷疑，那個鐔子是否真的值得我們這麼做。

最好的證明，就是楊亞嵐和史佩倫不再像以前那樣嬉鬧，也對展現他們有多要好感到空虛。我還曾經聽到楊亞嵐對史佩倫說：「你真是太遜了。」而且他在說話時還偷偷瞄了我一眼。我感受到他想要表達的言外之意——小武，整天和史佩倫兩個人玩，我都有點膩了。

即使如此，我仍然無意主動和好。尤其在得知儼然是紋身街一部分的阿華和爸爸覺得紋身街根本是狗屎之後，我更不能輕易讓步。樂園鐔的畫根本不重要，不管樂園鐔裡有沒有紋身街，都無法改變任何現實。現實只有一個，我不允許連楊亞嵐和史佩倫也都看不起我生活的地方。

各種事情接踵而來。我內心開始湧現隱約的不安，漸漸覺得成為自己人生基礎的一切並不是永恆不變的，也許有一天會消失，不由地感到戰慄。爸爸、媽媽、阿華和那些刺青師，以及紋身街這些支柱支撐了我的人生，這是我人生的一切，除此以外一無所有。想要長大成人，就必須把這些支柱一根一根拿走，最後靠自己這個支柱支撐起自己的人生。

我對自己的想法感到害怕，那是在我知道人終有一死之後，第一次這麼害怕。住在內湖的爺爺死的時候我才五歲，葬儀社的人掀開塑膠布，讓我看到了進棺材之前的爺爺。葬儀社的人嚼著檳榔，爺爺穿著筆挺的西裝，躺在不鏽鋼平臺上。身上缺乏任何可以稱為活人的決定性的東西。爺爺關節突出的手就在我視線的高度，我偷偷摸了他的手，發現他的手指就像手指上戴的結婚戒指一樣冰冷堅硬。

國文課剛好出了作文作業，作文的題目竟然是「我生活的地方」！

我想寫紋身街的事，但再度感到愕然。我口乾舌燥，汗水啪答啪答滴在稿紙上。因為當我想要寫自己從小生長的地方時，發現幾乎沒有任何令人興奮的回憶。爸爸厭倦了整天賣一份八十五元的排骨飯和雞腿飯，悶悶不樂地抽菸；媽媽有時候會打我。店裡的客人也很微妙，偵探孤獨先生充滿神祕，刺青師肯尼就只是個胖子，如果他不會刺青，就和普通的肥佬沒什麼兩樣。阿華雖然很風趣幽默，卻是個玩弄女人的卑鄙小人。還有寧姊的貓整天失蹤？作文當然不可能寫這種事！在我的記憶中，最有趣的事就是豬小弟的弟弟喜喜被誤以為是變態，被警察抓走的這件事。我媽媽請喜喜把我的運動服送來學校，結果別人看到他滿身刺青，以為他是可疑人物，所以就報了警，我在校門口眼睜睜地看著喜喜被帶上警車。

我不得不承認，如果這就是「我生活的地方」，紋身街真的就是狗屎。

「作文不需要實話實說，」阿華一如往常，很有自信地亂教我一通。「重要的是必須用作文傳達你想要表達的內容。」

「你的意思是，即使寫謊話也沒關係？」

「有時候謊話更能夠表達想要傳達的內容。」

「你舉例看看。」

阿華不悅地嘆了一口氣，賣了一杯奶茶給客人後繼續說了下去。

「比方說殭屍。被殭屍咬了之後，不是也會變殭屍嗎？只有打爆殭屍的頭，才能幹掉殭屍。」

我點了點頭。

「問題在於如果自己的親人被殭屍咬了，有沒有辦法打爆親人的腦袋。」

我既覺得好像能夠理解，又好像完全搞不懂。雖然殭屍是虛構的，但即使重要的人變得面目全非，不是仍然很重要嗎？

我一回到家，就立刻在店裡幫忙，渾身骨頭都快要散架了。那天晚上客人很多，即使在擦桌子、收拾空碗盤和送外賣時，始終有一種好像腦袋被塞住般的奇妙感覺。好像有什麼東西封閉在我的身體內，在我的體內爬來爬去，試圖尋找出口。那種感覺，也許就像是即將上場比賽的賽馬。我心神不寧，所以決定思考功課的事讓自己分心。客人好不容易走光了，沒菸可抽的爸爸眼光凶狠地開始抖腳。我覺得多一事不如少一事，還是趕快閃人為妙。沒想到正打算偷偷溜出去，借阿華的手機玩一下，竟然被我媽發現，挨了一頓罵。「你又要混去哪裡？趕快回家，去把功課寫完。」

我忍不住咂著嘴，像牛一樣慢吞吞把空白的稿子放在店裡的桌子上。這種爛地方到底有什麼好寫的？我幾乎什麼都沒想，就把浮現在腦海的事寫在稿紙上。反正只要填滿格子就好，老師也不會認真看。我托著腮，逐漸填滿一個又一個格子。當我回過神時，發現自己被湧上心頭的故事迷住了。更令人驚訝的是，故事情節就像彩球中飛出了鴿子般不斷湧現。

井底住了一隻青蛙。

青蛙從來沒有離開過水井，始終相信全世界，只有自己最了不起。

因為水井很小，所以沒有比青蛙更大、更厲害的動物住在水井裡。

水井裡很舒適。夏天的時候，太陽的光箭會筆直射入水井，光箭會在水中轉彎，照到青蛙生活的水底時，變成了柔軟的三稜鏡。

秋天的時候，可以隔著染成金黃色的銀杏葉，遇見圓圓的月亮。

冬天……青蛙在冬天會冬眠，所以不瞭解冬天。

但是，當春天來臨時，水面上會飄滿櫻花花瓣，青蛙就會在淡粉紅色的陽光中醒來。

有一天，一隻小蟋蟀掉進了水井。

「你是誰?」青蛙問蟋蟀。

蟋蟀費力地游到牆邊，爬上了石頭稍微突出來的地方。

「我叫蟋蟀，剛才腳一滑，不小心掉下來了。我想請問你，要怎樣才能離開這個又黑又小的水井？」

青蛙偏著頭問：

「這裡又黑又小嗎？」

「和外面的世界相比，這個水井簡直太小了。你一直都住在這裡嗎？」

「對啊。」青蛙回答。

「你不瞭解外面的世界……住在這麼陰暗潮濕的水井裡，到底有什麼樂趣？」

「這裡陰暗潮濕嗎？」青蛙忍不住問。

「牆壁上不是都長滿了青苔嗎！我告訴你，動物都應該在廣闊的原野上生活。你覺得在這個世界上，什麼東西最有價值？你住在這種地方，根本聽不到芒草吹動的聲音和我們的歌聲。」

青蛙聽到這裡，伸出長長的舌頭把蟋蟀吃下了肚。

廣闊的原野是什麼東西？青蛙動著嘴巴咀嚼時，忍不住思考。這個世界上最有價值的東西，當然就是清澈冰涼的水啊。

不知道該怎麼說。

我做夢都沒有想到，自己的內心竟然隱藏了這樣的故事，簡直就像刺青一樣，早就刻在了我的內心。我可以栩栩如生地想像青蛙濕潤光滑的綠色身體，和兩個像瑪瑙般的眼睛。

我也知道這跟作文題目不合。故事源源不斷，在寫的時候，可以把內心的不安拋在腦後。我的內心有一個藏了故事的餅乾盒，我只要把自己喜歡的故事從裡面拿出來就好。

我把故事朗讀給來小餐館吃飯的寧姊聽，寧姊說想趕快聽到後續的故事，讓我越寫越起勁。

楊亞嵐和史佩倫看到我在課間休息時也專心地寫個不停，忍不住皺起了眉頭。我知道他們站在遠處偷瞄我，也知道他們想找我麻煩，所以，當楊亞嵐向史佩倫咬耳朵不知道說了什麼，史佩倫心不甘、情不願地走過來時，我頭也不抬地先發制人。

「雖然我不知道你們在打什麼主意，但趁早放棄吧。」

史佩倫不知所措地回頭看著楊亞嵐。

「否則，」我靜靜地繼續說了下去。「我就先揍你。」

史佩倫委屈地愣了一下，然後轉身走去楊亞嵐那裡。楊亞嵐瞪著眼睛不知道說了什麼，史佩倫歇斯底里地大叫：

「那你自己去啊！我又不是你的小弟！」

我冷笑一聲，繼續專心寫故事。

那一年完全沒有下雨，水井裡的水乾涸，井底都積了泥。

青蛙已經好幾個月沒東西吃了。

於是，牠用盡了全身的力氣爬上了水井的牆壁。因為繼續留在井底，早晚會餓死。爬上水井的途中，牠好幾次回頭，回想起往日自由自在的平靜生活，忍不住流下了眼淚。

當牠終於爬上水井時，忍不住倒吸了一口氣。

風吹動著花草樹木，蟲子在鳴叫，森林一片鬱鬱蒼蒼。眼前是一片牠從來沒有見過的風景。

映入眼簾的一切都很新鮮，牠覺得眼前的一切充滿了希望。牠用力深呼吸後，再度回頭看了一眼狹小寒酸的水井。

「再見了。」

青蛙說完，精神抖擻地跳進了草叢。

牠第一次聞到花草的香氣，搔得鼻孔忍不住發癢，也第一次感受到踩在地上多麼溫暖。牠太高興，太好奇了，忍不住又蹦又跳，到處看個夠。

太陽越爬越高，氣溫也越來越高，地面的水蒸氣也升上了天空。

「這下傷腦筋了。」

青蛙無法忍受這份酷暑，牠慢吞吞地爬來爬去，試圖尋找陰涼的樹蔭。

牠幸運地找到一棵老樹，樹根的泥土很潮濕，牠覺得很舒服。

青蛙鬆了一口氣，坐在樹蔭下。微風吹來，從樹葉中灑下的陽光在青蛙身上形成了光斑。

因為實在太舒服了，牠忍不住昏昏欲睡時，聽到頭上傳來大聲吼叫：

「喂！你這隻髒青蛙！給我滾開，給我滾開！」

青蛙抬頭一看，一隻啄木鳥伸出尖嘴，生氣地想要戳牠。

「對不起，原來這裡是你家。」

啄木鳥看到青蛙這麼有禮貌，也就不再生氣，終於平靜下來。

「你這隻青蛙為什麼會跑來這裡？」

青蛙告訴啄木鳥，牠住的水井乾涸了，也是第一次來到外面的世界，目前正在找新的住處。

「那真是太可憐了，但這裡不行。趁其他動物會來這裡把你吃掉之前，你趕快走吧。」

「那我還是離開這裡。你知道有什麼好地方嗎？」

「這個世界上，沒有比這棵樹更好的地方了。你們這些沒有翅膀的動物無法瞭解，沒有比天空更豐富的地方了，也沒有比大樹更安全、平靜的地方了。數百年來，一直承受著風吹雨打的老樹是世界上最美的東西，希望你也可以趕快找到這樣的樹。」

啄木鳥說完，翩然飛到了樹頂，獨自留在樹下的青蛙幽幽地說：

「但是，這裡並沒有清澈的水啊。」
當太陽灑下一天之中最後一道陽光時，青蛙終於聽到了小河的潺潺水聲。
青蛙欣喜若狂地跳向聲音的方向，一頭跳進了河裡。
牠完全無法思考，只聽到河水發出喀嗡、喀嗡的柔和聲音。
小河的水和井底的水不一樣，隨時都在潺潺流動，搔得身體癢癢的感覺太舒服了，青蛙陶醉地在水裡游泳。
「和這裡相比，以前的小水井和老樹——」
正當牠這麼想的時候，有什麼抓住了牠的腳，牠在轉眼之間就被拉進了水裡。
青蛙拚命掙扎，好不容易浮上水面，又被拉了下去；被拉下去之後，牠又費力地掙扎。
最後，牠總算爬到了岸邊的岩石上。
青蛙回頭一看，發現一條銀色的魚跳向半空。
「你是誰?」青蛙嚇得渾身發抖地問。

「我是虹鱒。」魚回答了青蛙的問題。

一旦爬上了岸，虹鱒就無法再追過來。於是，青蛙就把自己的故事告訴了虹鱒。

虹鱒聽完青蛙的故事後對牠說：

「你不可以留在這裡，在這條河裡，並不是只有我想吃你，還有蛇和鳥，野鼠和水獺。」

「好吧，那我就離開這裡。」青蛙垂頭喪氣地說。「你知道哪裡有什麼好地方嗎？」

「除了這裡，我想不到任何好地方。你也是生活在水裡的，應該知道這裡有多棒。我只能生活在這麼清澈的水裡。」

虹鱒說完，翻身一游，就被吸進碧藍的水裡。

一件詭異的事終結了我們的冷戰。

那一天，我在放學後仍然留在學校寫那篇作文。因為一旦回到家裡，就要在店裡幫忙到世界末日，而且我也想趕快把在上課時好像電光般閃現的故事寫下來。我趴在課桌前拚命寫著，很擔心原子筆裡的墨水快寫完了。

差點被虹鱒吃掉的青蛙沿著河流繼續展開旅程。水流漸漸緩慢，河面變寬了，水也不再像上游那麼清澈，水面上還漂浮著塑膠袋和空罐。工廠的煙囱在遠處噴著煙。這裡應該不會有虹鱒和水獺了，青蛙走膩了，覺得現在跳進河裡應該不會有危險。我腳上的蹼可不是為了走路而存在。正當牠這麼想的時候，一隻貓衝了出來——當我寫到這裡時，忽然間察覺到動靜。

我抬起頭，發現楊亞嵐站在教室門旁。他剛才可能在操場上玩，所以滿頭大汗，手上拿著籃球。

我們默默注視對方，漸漸變成怒目相對。就連放學後，操場上傳來的聲音也無法進入我們之間。誰先開口就輸了。我確信楊亞嵐也這麼想。沒有擦乾淨的黑板和從窗戶照進來的夕陽，似乎試圖教導被義務教育綁住的我們一些比讀書更重要的事。

「你還在寫這種東西嗎！」

楊亞嵐先開了口。我決定死不開口，他只能表現出比我更加傲慢的態度。

「不過是作業而已啊，你以為自己是作家嗎？」

我保持勝利者的沉默。既然楊亞嵐沉不住氣開了口，他就有責任收拾眼前的殘局。這種壓力把他逼入了絕境。

「好吧，好吧，」他臉上露出了冷笑說：「既然你這麼想把紋身街放進去，那就放吧，不需要這麼生氣吧？」

他擺出一副不跟我計較的態度惹毛了我。

「無所謂啦。」我假裝繼續寫作文，渾身散發出「我和你不一樣，早就已經走向下一步」的感覺。「你的話說完了嗎？」

話語的餘音就像貓一樣蜷縮著身體，靜靜地觀察著我們兩人。夕陽西斜，把桌椅拉出了不平靜的長影。

「幹！」

楊亞嵐做出了可恥的粗暴行為，突然把籃球丟了過來。籃球打中我旁邊的陳珊珊的座位，我不加思索地向後一跳。椅子倒了下來，桌腳摩擦地面。滾到一旁的籃球毫不留情地撕開了我們內心凶殘的部分。

「你幹麼？」

我大吼一聲，楊亞嵐叫得比我更大聲。

「景健武，你別太過分！」

「你想打架嗎？」我把手上的原子筆丟了過去。「那就來啊！」

我們從課桌之間衝向對方，扭打在一起，用力推著對方。楊亞嵐想要踢我，我也踢了回去。我們就像兩隻鬥雞一樣又跳又踢，踢到對方也就罷了，如果踢到桌子或椅子，自己反而痛得半死。我用力掐他的脖子，他的舌頭都吐了出來，但他回敬了我腦袋幾拳。每挨一拳，眼珠子就像螃蟹一樣快蹦出來。打架這種事，一旦開打，就不知道該怎麼收場，但這天並不存在這個問題。

「小武！亞嵐！」當我們扭打在一起時，史佩倫衝了進來大叫著。「出事了！你們跟我來！」

我們也可以不理會他，盡情地繼續打下去。老實說，有生以來第一次打架，讓我們兩個人都像脫韁的野馬一樣情緒高亢。我們見識到自己內心的野性，情不自禁地陶醉起來。但是，史佩倫當時的狀況很不尋常，我一點都不誇張，他真的快抓狂了。他滿頭大汗，而且滿臉都是淚水和鼻水。

「你們快來啊！我奶奶……我奶奶在家裡死了！」

我和楊亞嵐抓著對方，互看了一眼。

他奶奶死了。這種情況的確足以讓人抓狂，但史佩倫遇到的情況更瘋狂。

「奶奶雖然死了，但是……」他驚慌失措，哽咽地費力擠出聲音。「雖然死了……但是，那不是我奶奶！」

傷腦筋的是，史佩倫家除了死去的奶奶以外，只有菲傭一個人。他爸爸是鳳梨酥工廠的老闆，剛好去上海出差不在家。

「我打了好幾次電話！」史佩倫甩著手機：「但我爸都不接電話！」

我們這才知道史佩倫的父母離婚了，但很久之後才知道，他爸爸在上海包了二奶。在史佩倫中學二年級時，他爸爸突然把五歲的妹妹帶到他面前，他和他爸爸大打出手，大吵了一架。掐指計算一下，發現那個妹妹就是在發現陌生老太太死在他家的那一年播下的種。

總之，在他爸爸去上海出差時，他家位在西寧南路的豪宅——地上鋪著光可鑑人的大理石，放著據說會帶來好風水的巨大紫水晶擺設，還有巧奪天工的景德鎮花瓶。他家有三間浴室，衣帽間差不多有我家的小餐館那麼大——

只有史佩倫、他奶奶和菲傭羅絲住在那裡。羅絲幾乎不會說中文。

史佩倫的奶奶看起來像在安樂椅上睡著了，我們圍在她的周圍。旁邊有一張折起的輪椅，他奶奶穿了一件花襯衫，臉上滿是皺紋，微閉著眼睛，張著嘴巴，好像隨時會發出鼾聲。放在腹部的手上拿了一把蒲葵編的扇子。

我和楊亞嵐之前沒見過史佩倫的奶奶，所以不太相信她不是史佩倫的奶奶。如果不是他奶奶，為什麼這個老太婆會跑到別人家，而且可以死得這麼舒服？

「你們覺得為什麼會這樣？」

即使史佩倫這麼問，我和楊亞嵐也不知道該怎麼回答。

「我放學回到家，就看到這個不認識的老太婆死在我家。」他指著不是他奶奶的老太婆大吼著。「我問羅絲，這到底是怎麼回事，但根本聽不懂她在說什麼。我越著急，那個笨女人也凶巴巴地說了一大堆菲律賓話。我猜想你們應該還在學校，所以就跑去學校找你們了。」

我、楊亞嵐和史佩倫看著站在客廳角落的羅絲。她就像其他菲傭一樣，穿著寬鬆的T恤和色彩鮮豔的內搭褲。矮矮胖胖，一頭鬈髮隨意綁在腦後，氣色很差的嘴唇上擦著鮮豔的紅色口紅。她不知道在不爽什麼，突然大聲嚷嚷起來，指著死去的老婆婆衝了過來，打開輪椅，用力拍了幾下，然後推著輪椅在客廳內繞了一圈。

「看吧？她一直這樣。」

我和楊亞嵐點了點頭。

「你奶奶腿不方便嗎？」楊亞嵐立刻問道。

「出門時基本上都坐輪椅，但這個老太婆不是我奶奶。」

「她是不是在說，剛才推輪椅帶你奶奶出門。」我仔細分析了羅絲的動作。

她張開雙手，像翅膀一樣擺動著，噘著嘴脣，嘰嘰嘰地叫了幾聲，然後輪流伸出兩個拳頭。「不知道哪裡……有鳥，然後好像在和拳擊有關的地方……」

「那是哪裡啊？」史佩倫和楊亞嵐同時問道。

我聳了聳肩。

菲傭在胸前比著十字，雙手交握，對著天花板唸唸有詞，然後露出沾到口紅的門牙，一臉威嚇的表情。

史佩倫咂著嘴。「這個笨女人，非解雇她不可。」

我對他笑了笑，試圖安慰他。別生氣，我還見過腦筋更有問題的人。

「這個菲傭來多久了？」

「才兩個星期。之前的印傭回印尼了。」

我想起店裡的客人聊天的內容，以前臺灣是亞洲四小龍之一，經濟很發達，所以有很多東南亞的外勞都來臺灣工作，但現在有許多國家不斷超越臺灣，所以要找傭人也不是一件容易的事。我斜眼瞥著史佩倫，覺得他家有菲傭，果然是有錢人家，然後就覺得眼前的一切都很荒唐。有錢人家鬧出命案很正常，這個老太婆也一定是被捲入了某個利慾薰心的傢伙的陰謀送了命。

「喂！」楊亞嵐粗暴地推開羅絲的手。「不要用手指指別人！」

菲傭尖聲說著什麼，簡直就像被激怒的公雞一樣，情緒激動地破口大罵。我們說一句，她也說一句，我們就一起罵回去。我們誰都聽不懂對方在說什麼，勝負當然就取決於誰的嗓門更大。我們盡情地罵著如果被大人聽到，絕對不會放過我們的髒話。從語言中抽掉意義，就只剩下情緒了。

突然響起的電話鈴聲，打斷了咄咄逼人、充滿惡意的對罵。我們就像做壞事被人發現一樣猛然住了嘴，瞪大眼睛張望起來。因為各種聲音在耳朵嗡嗡作響，所以一時無法確定是否真的是電話鈴聲。史佩倫衝到沙發旁，抓起茶几上的電話。

「喂！爸爸？」

史佩倫對著電話激動地叫著。他在上海的爸爸不知道說了什麼，但他打斷了他爸爸，一個勁地說了起來。他內心可能極度不安，所以結結巴巴地說明了死人的事，最後終於哭了。

「我就說了不是啊！不是奶奶嘛！」

史佩倫吸著鼻涕，用手臂擦著眼淚，拚命解釋他並沒有誤會。看著他的樣子，忍不住覺得死去的老太婆其實就是他的奶奶，只是他陷入了混亂而已。他太難過了，所以無法接受眼前的現實。楊亞嵐似乎覺得必須保護史佩倫，於是像騎士一樣站在羅絲的面前。

「我當然仔細看了啊！我怎麼可能不認得奶奶？什麼？那奶奶在哪裡？我怎麼可能知道！反正我放學回到家，就看到有一個陌生的老太婆死在家裡！」

史佩倫啜泣著，看向羅絲。我和楊亞嵐繃緊神經，準備迎接新的局面。

「My fahter,」史佩倫擺出小主人的姿態，嚴肅地命令滿臉驚恐的菲傭。

「Speak.」

沒錯，這是最好的解決方法！

羅絲搖著頭後退，好像那通電話是在通知她兒女的死訊。如果我沒聽錯，她嘴裡還發出「bu、bu」的聲音。雖然可能是菲律賓話，但也不能排除是在說中文的「不、不」表示拒絕。

「Speak, Rose－.」

史佩倫的聲音中帶著法官宣告死刑般的冷酷。我不知道楊亞嵐有什麼反應，但我忍不住抖了一下。

接下來發生的事將會一輩子留在我的記憶中。有一句成語叫做「狗急跳牆」，當人被逼入絕境時，真的什麼事都會做出來。羅絲看到史佩倫把電話遞到她面前，哇地大叫一聲衝出了家門，從此再也沒有回史佩倫家，而且她衝出去時連鞋子也沒穿。

「她衝出去了。」史佩倫大驚失色地對著電話說。「爸爸，你幹麼雇那種女人來家裡當傭人？」

接著，史佩倫對著電話時而點頭，時而附和。

「但今天這裡超過三十度，萬一發臭怎麼辦？」

「——」

「嗯，好吧……那你叫他趕快過來。」

「——」

「沒關係，我不是一個人，我同學在家裡陪我。」

「——」

「好，我知道了，那我在家等他。」史佩倫掛上電話後，對我和楊亞嵐說：

「我爸爸說，會派一個大人來家裡。」

我們戰戰兢兢地互看著。史佩倫家住在大廈公寓的十二樓，傍晚舒服的風從敞開的大窗戶吹了進來，不知道是否因為旁邊有死人的關係，所以很涼快。沒想到史佩倫接連把窗戶關了起來，還叫我們一起幫忙關窗戶，然後再用遙控器打開冷氣。房間內的溫度一下子降低，已經不止是涼快而已，而是變得很冷。

「比陌生人死在家裡更慘的事，就是陌生人不僅死在家裡，而且還腐爛發臭。」

我和楊亞嵐都用力點頭。

楊亞嵐突然想到什麼似地拿出手機，打電話回家，向家人說明了情況。我也向史佩倫借了電話，聯絡家裡。

那時候正是傍晚店裡最忙的時候，我媽接起電話後充滿了殺氣，還沒仔細聽我說話，就先警告「景健武，你給我小心點」。

「不是啦，有一個老太婆死在史佩倫家。」我拚命解釋。「啊？那個老太婆不是史佩倫的奶奶……好像是不認識的老太婆……我怎麼知道！」

我費了好大的工夫，才終於向媽媽解釋清楚，楊亞嵐似乎也差不多。這也難怪。在臺北這個地方，很難接受陌生人理所當然地死在自己家裡這種事。不，全世界應該都一樣。

我們在冷得要命的客廳內擠在一起取暖，不時偷瞄著死人，等待接下來會發生的事。我努力思考著該對史佩倫說什麼，但很快就放棄了。如果死在安樂椅上的老太婆是素不相識的陌生人，沒有任何話可以安慰他。

「不是有殭屍嗎？」

楊亞嵐和史佩倫都露出「這種時候說這幹麼？」的表情看著我。

「如果自己喜歡的人變成了殭屍怎麼辦？」我不理會他們，繼續說了下去。

「你們有沒有勇氣打爆他們的腦袋幹掉他們？」

「如果你在說這個老太婆，」史佩倫立刻反駁。「我根本不喜歡這個老太婆。」

「我可以幹掉他們。」楊亞嵐勇敢地說：「因為一旦變成了殭屍，就已經不再是人了。」

然後我們認真討論了如果各自變成了殭屍，有沒有勇氣殺了對方這個問題，於是忍不住感到害怕，覺得死掉的那個老太婆好像隨時會突然坐起來。

「幹！」楊亞嵐嘀咕說。「人死了很麻煩，如果死了又活過來，那就更麻煩了。」

我和史佩倫都點著頭。

我們在不知不覺中建立了奇妙的團結意識。特殊的經驗會凝聚向心力，而且無論怎麼看，這都算是特殊的經驗，這種事不是任何人都會遇到。我們當然意識到這一點，只不過我們還太小，難以用言語表達，只是並不想違抗這種真誠的直覺。此時此刻，在這個瞬間，在偌大的世界，只有我們三個人相依為命。沒有人提起樂園鐔的事，那已經不重要了。其實原本就不重要。一旦吵架結束，吵架的原因最多只能變成回憶。沒錯，就好像突然從口袋裡摸出一張很久以前看的電影票根。

客廳冷得像雪山。不知道是否因為這個原因，楊亞嵐和史佩倫一直問我作文的事。可能是因為頭腦缺氧的關係。我那篇作文並不值得故弄玄虛，而且如果不小心在客廳睡著，可能會凍死，所以為了醒腦，我就把大致情節告訴了他們。那個死老太婆當然不會開口，楊亞嵐和史佩倫也聽得很專心，完全沒有插嘴。他們的牙齒一直打顫，所以沒辦法插嘴。

我的故事還沒有寫完，但無論有沒有寫完，都沒必要說到最後。因為在青蛙的旅行進入佳境之前，門鈴就響了，看起來像是鳳梨酥店店長的大叔慌忙衝了進來。又胖又禿的大叔一進門就說：「哇！為什麼這麼冷！」

店長認識史佩倫的奶奶，看到身分不明的老太婆，瞪大了眼睛。

「她到底是哪裡冒出來的！」

店長用責備的語氣問了一大堆問題，史佩倫又著急地哭了起來。店長打了好幾通電話，該強勢的時候表現強勢，遇到該放軟身段的對象就放軟身段，該發揮冷靜的時候就表現出官僚的態度。當他打完所有的電話時，才終於發現我和楊亞嵐。

「謝謝你們留下來陪佩倫。」店長只有嘴巴在笑，露出好像在逼人簽名畫押的可怕眼神說：「快九點了，你們也趕快回家吧。」

「到底是怎麼回事？」我問，楊亞嵐也跟著問：「那個老太婆到底是誰？」

店長搖了搖頭，可能表示目前還不知道，但也可能叫我們小孩子不必管這些事。無論如何，我和楊亞嵐繼續留在這裡也沒用。

我們替史佩倫打打氣後離開了他家。

走到戶外，才終於體會到守在死人旁邊多麼令人窒息。夜晚的風很涼，就連含有大量廢氣的空氣，吸進胸膛也很舒服，感覺整個人都活了過來。

「佩倫家也沒什麼了不起啊。」楊亞嵐踢著空罐罵道。「我們陪他到這麼晚，至少該請我們吃飯啊。」

我完全同意。楊亞嵐並不是在罵史佩倫，而是在說那個店長。我們聞到餐廳和路邊攤飄出來的香氣，肚子忍不住咕咕叫了起來。

「你剛才還沒說完，」楊亞嵐緩緩開了口。「就是你的作文，最後那隻青蛙被貓吃掉了嗎？」

剛才在史佩倫家說到青蛙遇到了貓，如果店長沒有出現，那隻貓會把青蛙吃掉嗎？貓殘忍地吃掉青蛙，到底有什麼意義？我想了一下之後搖了搖頭。

「應該不會吃掉青蛙。」

「應該？」

「因為我也還不知道結局，但我想青蛙應該還會繼續旅行一陣子。」

楊亞嵐皺起了眉頭，我默默走在路上，以免影響他。走到中華路時，他停下腳步問我：

「如果你是東野圭吾，你覺得佩倫的奶奶在哪裡？」

我知道東野圭吾，之前在喜喜的工坊看過《真夏方程式》這部電影的DVD。我忘了那部電影的內容，只記得是福山雅治演的。於是我假裝自己是東野圭吾，試著推理起來。一度認真思考了一下，但還是想不出任何頭緒。

「嗯，的確猜不透。」楊亞嵐說完，聳了聳肩。

我們在那裡揮手道別。楊亞嵐過了馬路，走向愛國西路的方向，我無力地走回西門町。

雖然這一天發生了很多事，已經精疲力盡，但只剩下一個人時，腦袋無法停止思考。這一天的片斷——丟過來的籃球、楊亞嵐滿是憎惡的臉、史佩倫哭喪的臉、死掉的老太婆那張好像深淵般的嘴巴、發出奇怪聲音衝出去的菲傭都從四面八方湧來，腦袋深處的一盞小燈通明，即使我努力想要關掉，卻怎麼都關不掉，照在我根本不希望照亮的地方。

所以，我在回家路上只能繼續思考青蛙的故事。當我專心想青蛙的事，其他事就會漸漸模糊，一切都以青蛙為中心進行整理。無聊的事一件又一件離開，腦袋中的那盞燈漸漸像路燈一樣照在正確的道路上。我覺得無論是再小的天地，有一個自由的空間是很美好的事。我站在青蛙的角度思考，故事就像從冬眠中甦醒般又動了起來。我瞥著中華路上來往的車頭燈，我的青蛙蠢蠢地從洞裡爬出來，繼續展開冒險旅程。

水流漸漸緩慢，河面也變寬了。

水也不再像上游那麼清澈，水面上還漂浮著塑膠袋和空罐。工廠的煙囪在遠處噴著煙。

這裡應該不會有虹鱒和水獺了。

「現在跳進河裡應該不會有危險。我腳上的蹼可不是為了走路而存在。」

就在這時，青蛙聽到草叢發出了窸窸窣窣的聲音，一隻貓衝了出來。

為了躲避貓的尖爪，青蛙的後腿用力下蹲，然後用盡全身的力氣跳去遠方。

牠在千鈞一髮之際，順利地逃入水中。

貓在岸上懊惱地瞪著牠，似乎沒辦法追到水裡。

青蛙發現貓沒辦法追牠之後，稍微靠向岸邊，向貓說明了自己的情況。

「你知道有什麼好地方嗎？」

貓發現青蛙無意繼續靠近後，突然露出一本正經的表情，用手洗著臉。

「這裡就是好地方啊，我們最好和人類當好朋友，你看看那些和人類作對的動物，統統都被殺了。但只要被人類喜歡，就可以一輩子吃香喝辣，你也趕快去找一個大方的飼主。」

貓說完這番話，不耐煩地伸了一個懶腰。

一個星期後，才終於找到史佩倫那引起騷動的奶奶。

在不認識的老太婆大剌剌地死在他家的隔天，他爸爸史老闆從上海趕了回來，然後見到了已經交給警察的死人，確認了自己的兒子腦筋並沒有問題，也沒有因為父親不在家而被寂寞逼瘋。史老闆的反應和那個店長一樣。

「這個老太太到底是從哪裡冒出來的！」

警方認為兒子不可能認錯生下自己的母親，所以覺得這件離奇的事可能牽涉到犯罪，於是立刻展開了偵查，但臺灣的警察終究還是臺灣的警察。說什麼這種事急不得，如果不好好追查，就會讓歹徒（如果真有歹徒的話）跑掉。還問史老闆有沒有人要求贖款？

史老闆回答說沒有，偵辦的警察點了點頭，發自內心地表示同情，遞給史老闆一杯熱茶，然後自己也喝著茶，看了將近一個小時的報紙。史老闆戰戰兢兢地問：「請問目前偵辦的情況如何？」負責偵辦的警察說：「在查明死者身分之前，我們無法展開行動。」聽史佩倫說，當警方發現那個神祕的老太婆死因是腦中風後，立刻變得意興闌珊。

在完全沒有任何進展的情況下過了一個星期，情況急轉直下，迅速破了案。

連續下了三天的雨終於放晴的這天早晨，臺北的天空出現了巨大的彩虹，史老闆出門買早餐和報紙。走在晴朗的天空下，呼吸著早晨清新的空氣，他決定順便散散步。他穿過植物園，走向南海路上一家好久沒有光顧的豆漿店。

植物園的早晨十年如一日，仍然保持著史老闆從小熟悉的風景。老人熱衷打太極拳，或是用錄音機大聲放著音樂做體操或是跳國標舞。史老闆覺得，如果這個世界上有什麼永恆不變的東西，那就是植物園的早晨。

話雖這麼說，植物園並不是和以前一模一樣。目前熱帶植物的種類比以前豐富多了，而且都照顧得很好，也建了一條有樹蔭遮陽的散步道，不怕人的松鼠在散步道的木欄杆上跑來跑去。最大的變化就是坐輪椅的老人增加了。史老闆努力回想，不記得以前小時候曾經在植物園看過坐輪椅的老人，至少沒有像現在這麼多。一九九〇年，行政院通過了可以引進外勞的法案後，那些腰腿不方便的老人不需要整天都窩在昏暗的家中，來自菲律賓和泰國的幫傭都會推著輪椅，帶著老人四處走動。

那家豆漿店很小，史老闆坐在人行道上的桌子旁，翻著仍然帶著早晨氣息的報紙，喝著熱騰騰的豆漿，咬著香噴噴的燒餅油條，吃著剛出籠的包子。為了公平起見，他每次都買兩份報紙——比較保守的聯合報和急進的自由時報。他的內心很複雜，雖然內心很希望臺灣獨立，但在生意上受惠於中國大陸，所以每逢選舉，都把票投給國民黨。

吃完份量十足的早餐，他走路回家。「永毅、永毅。」他走在植物園內，正在為公司的主力商品鳳梨酥在大陸的銷量不太理想煩惱時，聽到有人叫他的名字。「永毅，這裡啦。唉，你這孩子，到底看哪裡啦！」一股電流貫穿了史老闆的身體，他四處張望，看到在一片棕櫚樹下，在非洲鳳仙花盛開的樹蔭下，自己的母親正大聲叫著自己。

「真的假的？」阿華驚叫起來。「所以是外勞把兩個老太婆搞錯了？」

「好像是這樣。」我回答說。

「你把那件事也告訴阿華。」我媽催促著我，但迫不及待地自己說了起來。

「佩倫的奶奶被帶去別人家裡，但整整兩天都沒人發現。而且之後不是都下雨嗎？所以也沒帶出來散步。」

原本聽得津津有味的刺青師都哄堂大笑起來。

「總之，」我清了清嗓子，平靜了他們的笑聲。「那戶人家也請了菲傭，那個菲傭來臺灣之後，和佩倫家的羅絲變成了朋友。傍晚垃圾車來的時候，不是有很多外勞都會出來倒垃圾嗎？」

所有人都點著頭。

「羅絲和那個菲傭也是在倒垃圾的時候認識，因為她們每天早上都會用輪椅推自家的奶奶出來散步，所以就約好一起散步、聊天。」

「結果就推錯了輪椅嗎？也許在她們眼中，我們都長得差不多。」

寧姊插嘴說，阿華忍不住抱怨「小武在說話，妳不要打岔」。「尤其老人很難分辨。」我一邊謄寫作文，一邊繼續說了下去。「兩個奶奶的個子差不多，都是一頭白髮，總之，這是一起很多簡直可以說是奇蹟的巧合碰在一起才會發生的事件。羅絲和另一個菲傭都剛來臺灣不久，不會中文。而且如果死掉的那個老太婆不是獨居老人，應該不會隔了這麼多天才發現。」

我閉嘴專心謄寫作文，大家七嘴八舌地開始討論獨居老人孤獨死的問題。

東野圭吾應該也寫不出這樣的結局，我也很難相信，問題是事實就是這樣。但也許沒什麼好驚訝的，因為在這個充滿神祕的世界，任何事都有可能發生。以前在某一個國家，曾經發生過大量青蛙從天而降的事。相較之下，在世界的角落有兩個老太婆不小心被調了包並不值得大驚小怪。「那個叫羅絲的菲傭後來怎麼了？」有人問。

「我怎麼知道？」我頭也不抬地回答。「她又沒做會被警察抓走的壞事……可能回菲律賓了吧。」

「小武，你從剛才就一直在寫什麼？」

「這孩子的作文得了獎！」媽媽驕傲地大聲告訴其他人。「下次會貼在中正紀念堂展覽，你們也要記得去看。」

「作文？就是你上次唸的那篇青蛙的作文嗎？」肯尼問。「那篇作文得獎了嗎？」

「這孩子在抓週的時候抓了毛筆，搞不好以後真的會成為大作家。」

「你上次還沒有決定結局吧？」寧姊探頭看著稿紙，香水味飄過我的鼻尖。

「青蛙遇見鯨魚之後的結局是怎樣？」

在謄寫告一段落之前，我都沒有說話。我用整個身心把每一個字填進稿紙的格子，最後終於寫下了最後一個句點。在寫這個句點時，簡直就像按下了發射威力無比的火箭發射鍵。然後才抬起頭說：

「我覺得青蛙遇見鯨魚之後，只會有兩種想法。不是同情自己，就是同情鯨魚。」

阿華早就回自己的攤位了，肯尼繼續吃他的晚餐，爸爸和媽媽去招呼新進來的客人，只有寧姊點了點頭。

「嗯，所以是二選一。」

「所以啊，青蛙什麼都沒做。」我對寧姊說。「因為我覺得青蛙無論怎麼做，感覺都很虛假。」

寧姊神情嚴肅地思考了這個問題。

我得意地看著自己剛謄寫完的作文，甚至很感謝楊亞嵐和史佩倫。我覺得就像是把紋身街、軍隊和鳳梨酥店丟進樂園鐔，然後大家把手伸進去亂攪一番，結果不知不覺就完成了這個故事。

「這樣也不錯，」寧姊面帶微笑摸著我的頭。「因為有的天地很寬廣，有的天地很深奧，有的天地既寬廣又深奧。」

河面越來越寬，河水也混濁起來，已經有點分不太清楚到底是河水還是泥水了。

青蛙忍著內心的怒氣，繼續沿著河流游向下游的方向。

牠突然感到腳痛，忍不住回頭張望。因為河水太混濁，所以有點看不清楚，但好像有什麼東西夾住了自己的腳。

牠定睛一看，發現一隻鮮紅色的鉗子抓住了牠的腳。

「你也想吃我嗎？」

青蛙驚訝地問。因為這隻螯蝦竟然想吃和牠身體差不多大的青蛙。

「我什麼都吃，沒有我的鉗子夾不斷的東西。你從哪裡來？」

於是，青蛙再度說了自己的故事。

「好地方……那就要繼續沿著河流去下游，然後就可以去大海。大海很寬廣，也許可以找到你說的好地方。」

「你去過大海嗎？」

「我嗎？」螯蝦笑著回答。「寬廣的大海有許多可怕的傢伙，相較之下，這裡簡直就是天堂。雖然有點髒，但只要習慣了，簡直就是極樂世界。水髒一點，不容易被敵人發現，而且也不缺食物。因為人類經常會把食物丟進來，除了這裡，我哪裡都不想去。怎麼樣？你要不要也在這裡住下來？」

青蛙走走游游，游游走走，終於來到了大海。

面對遼闊無比的大海，牠的腦筋一片空白。海風吹進了牠的腦袋，牠感到一陣暈眩，簡直就像被小型的龍捲風掃過。

「這就是大海嗎？」

牠陷入了陶醉，怔怔地看著眼前的景象，聽到一個好像雷聲般的巨大聲音。

「你是誰？」

這個宏亮的聲音簡直就像會把大海都劈開。

青蛙嚇得縮成一團，膽戰心驚地看向聲音傳來的方向，發現眼前的海面漸漸隆了起來，出現一條巨大的鯨魚。
「小東西，你是從哪裡來的？」
鯨魚對牠吼道。
青蛙鼓起勇氣，對著鯨魚重複了一遍之前告訴啄木鳥、虹鱒、貓和螯蝦的故事。
「你在找住處嗎？但這裡不行。」
「為什麼呢？」
「因為你必須住在河裡。住在河裡的動物都很小、很弱，牠們不瞭解大海。大海很寬廣，大海是生命的源泉，住在這裡的動物都很美，都很勇敢，都瞭解自己有多麼渺小，在這片偉大的大海中，我就是國王，這裡不是像你這種小動物住的地方。」
被這麼大的鯨魚不分青紅皂白地痛罵一頓，誰都會放棄。
「好吧，那我去其他地方。」青蛙心情平靜地說。「但我最後可以問一個問題嗎？」
「什麼問題？」

「你一直都在這裡嗎？」

「你問的問題真奇怪，我就是在這裡出生，到今天為止，也一直生活在這裡，不然還能去哪裡？」

鯨魚說完之後，用力跳進海中，發出好像禮砲般的聲音，游回了大海。海鷗都圍繞在鯨魚巨大的身體周圍。

青蛙獨自留在沙灘上，瞇著眼睛，一直站在那裡感受著溫柔的海風。

首度發表之處

黑色的白貓　「ALL讀物」二〇一七年四月號

土地公失蹤記　「ALL讀物」二〇一七年八月號

骨詩　「ALL讀物」二〇一八年一月號

縱身而跳　「ALL讀物」二〇一八年五月號

天使與冰糖　「ALL讀物」二〇一八年九月號

小小的地方　「ALL讀物」二〇一九年一月號

集結成書時經過增添及修改。

逆思流

小小的地方

（原名：小さな場所）

作者／東山彰良
譯者／王蘊潔
發行人／黃鎮隆
副總經理／陳君平
總編輯／洪琇菁
國際版權／黃令歡
執行編輯／呂尚燁
美術編輯／方品舒
企劃宣傳／邱小祐
封面插畫／山口洋佑
發行／英屬蓋曼群島商家庭傳媒股份有限公司城邦分公司　尖端出版
台北市中山區民生東路二段一四一號十樓
電話：（〇二）二五〇〇—七六〇〇（代表號）
傳真：（〇二）二五〇〇—一九七九
中彰投以北經銷（含宜花東）／楨彥有限公司
電話：（〇二）八九一九—三三六九
傳真：（〇二）八九一四—五五二四
雲嘉經銷／威信圖書有限公司　嘉義公司
電話：（〇五）二三三—三八五二
傳真：（〇五）二三三—三八六三
南部經銷／威信圖書有限公司　高雄公司
客服專線：〇八〇〇—〇二八—〇二八
電話：（〇七）三七三—〇〇七九
傳真：（〇七）三七三—〇〇八七
香港總經銷／城邦（香港）出版集團有限公司
香港灣仔駱克道193號東超商業中心1樓
電話：（八五二）二五〇八—六二三一
傳真：（八五二）二五七八—九三三七
E-mail：hkcite@biznetvigator.com
馬新經銷／城邦（馬新）出版集團　Cite(M)Sdn.Bhd.
E-mail：Cite@cite.com.my
法律顧問／王子文律師　元禾法律事務所
台北市羅斯福路三段三十七號十五樓
二〇一九年十一月一版一刷

■中文版■

郵購注意事項：
1. 填妥劃撥單資料：帳號：50003021戶名：英屬蓋曼群島商家庭傳媒(股)公司城邦分公司。2. 通信欄內註明訂購書名與冊數。3. 劃撥金額低於500元，請加附掛號郵資50元。如劃撥日起 10～14日，仍未收到書時，請洽劃撥組。劃撥專線TEL：(03) 312-4212 ・ FAX：(03) 322-4621。E-mail：marketing@spp.com.tw

國家圖書館出版品預行編目資料

小小的地方 / 東山彰良著 ;
王蘊潔 譯.--1版. --臺北市：尖端出版, 2019.11
面 ; 公分.--(逆思流)
譯自:**小さな場所**
ISBN 978-957-10-8721-4(平裝)

861.57 108013078